建筑大师回忆录

故人

胡绍学 —— 著

北京联合出版公司
Beijing United Publishing Co.,Ltd.

目 录

自 序 / 001

回忆梁思成先生 / 005

回忆戴念慈先生 / 033

回忆张镈先生 / 043

回忆汪国瑜先生 / 061

回忆贝聿铭先生 / 075

丹下健三访问清华建筑学院 / 087

和安德鲁合作设计国家大剧院 / 099

追忆扎哈·哈迪德 / 129

香港回归中国纪念碑国际设计竞赛 / 137

齐云山之旅 / 151

自序

　　记得以前我们学校有位副校长,也兼任学校的人事处长。他为人风趣,曾说过这样的话:"这人事处,就是人人、事事、处处,这些就是我们的工作内容。"我觉得他的话和这三本小集子挺契合,《故人》《故事》《故乡》,不就是"人人""事事""处处"吗?这位"故人"把我脑袋里那些专司记忆的神经元激活了。

　　《故乡》和《故事》讲的是我的童年时代

和工作后在国外的游历,这本《故人》,便是我对"故人"们的回忆与怀念了。几十年来,我与许多老师、同学、朋友相识、相处,他们有的还健在,有的已经故去。不论身份尊卑,不论年纪长幼,不论性别是男是女,我都在与他们的相处过程中收获颇多,点滴的小事也会对我有很多启发。

"故人"之中的一些人是我的前辈、老师或同行,这些大师级的人物专业造诣很高,不熟悉的人往往会觉得他们高不可攀,但我有幸能与他们相处,得以从某些方面看到他们的真实性情。这些经历留给我很深的印象,也是我宝贵的人生财富。

李白的诗《黄鹤楼送孟浩然之广陵》中写到:"故人西辞黄鹤楼,烟花三月下扬州……"李白笔下的"故人",指的当然是他的老朋友孟浩然。我这本集子里的"故人"是许多个人,亦师亦友。

"故人"这个词,我觉得很好,有旧时光的味道,也带着深切怀念的意味。

胡绍学

2017 年 7 月于北京

回忆梁思成先生

慕梁思成之名考清华建筑系

第一次听到梁思成先生的名字,还是1953年春天,我正在高中三年级上学期的时候。那时候,班上已有不少同学在课下议论报考哪所大学以及学什么专业的事了,但我当时还不到17岁,对这些还不太懂,课外书倒是看了不少,但大都是小说之类,对大学里学什么专业学科,基本上是一头雾水。

大学全国统考的时间就在七月份，也就是说我们高三上学期一结束就要参加高考了。因为我上的是高中春季班，按当时教育部规定，这种"春季班"就只有两年半的周期，高三上学期一结束，就算高中毕业，可以和秋季班毕业生一起参加高考。至于为什么学校会开设这种春季班，许多年后我也没搞清楚，反正有同学认为是占了便宜，也有不少同学认为是吃了亏，因为我们比人家少上一学期的课，学的东西少而且高考复习的时间也少……不过我那会儿对这些想得不多，反正跟着大伙儿一样，考就考吧。

但高考前还是要填志愿表的，专业也总是要有一个选择。那年春天（大约是四月），我们高中前一年毕业的奚树祥同学给母校毕业班来了一封信，他考上了清华大学建筑系。他这封信的鼓动性很大，他说清华大学如何好，有40多位苏联专家到学校来指导教学，还说到建筑系来的那位专家是卫国战争期间的游击队英雄。

听到这个消息，许多同学都吃惊得张大了嘴。他在信中特别提到建筑系主任是梁思成教授，他是梁启超的儿子。我们不少同学一听这个，又是觉得不得了了。我们当时都知道"康梁变法"，梁启超可是大学问家。得了，就报考清华大学建筑系吧，我放弃了原来想报考农业大学园艺专业的想法。（因为当时在生物课上听老师说苏联米丘林搞出某种嫁接法，能生产出香蕉味、枕果味的苹果来，我对这个很感兴趣。）

考上清华大学后，令我们没想到的是，如果想上建筑系，还要加试美术，这我以前可没听说过，我和同班同学程立生当时都有点儿怪奚树祥同学了，他并没有在信中提起要加试美术的事情，否则我们也会预先准备，临时补补美术啊！但事到如今，也没办法，听天由命吧。我们在高中时只上了两年半课，没有美术课，怎么办呢？程立生同学从小就喜欢画画我是知道的，但他画的都是一些小人书上的人物，什么关云长、赵子龙，这个本事在加试时肯定没用了，于是我俩商量，一起练练素描速写，便对着一个杯子和一柄牙刷画起来……第二天到了大图书馆考场，老师给每人发了一张白纸，要我们画一幅名为"我的故乡"的画，还限定了时间，四个小时交卷，这下我又蒙了。真是艰难，谁画过这个呢？！

我左思右想，真不知道画什么才好，这明明是一篇作文题目嘛，怎么变成了一个美术考题呢？我后来终于画了一张西湖景色图，西湖最能代表我的故乡杭州，而且我也常去玩，所以有些印象。我画了西湖岸边的一排栏杆，还在栏杆后面画了一排树（估计有点儿像扫帚），还在画面上方画了单线条的笔架形远山，上面加一个宝塔。水最难画，干脆什么都不画，在远处画上一条游船就是了，原来我还想再加画两只鸟在天上飞，但后来一想，怕画不像，就放弃了。现在想想，如果我当时真画上两只鸟，可能就考不上建筑系了。就这么一张类似儿童画的作品，没想到能够顺利过关，我和程立生在接到建筑系的录取通知后高兴得不得了。也许我那点儿抽象概括能力的小聪明打动了美术老师吧。

我是慕梁思成先生之名报考清华建筑系的，我记得可能是在开学典礼上见过他一次，主持大会的一位教授将梁先生介绍给大家，但他没有讲话。梁先生戴了副眼镜，身着深灰色中山服，面容清瘦，微笑着向大家点头示意。自此以后，便很少有机会看到梁先生，听同班同学说起过，在系馆资料室里倒是见过梁先生的夫人林徽因先生。

梁先生那时候估计是很忙的，经常要参加首都规划委员会和建筑学会的会议，还要出国访问，进行重大项目的设计研究（例如天安门广场人民英雄纪念碑）。我们低年级学生每天的日程都排得满满的，我们的专用教室不在系馆内，每天都要循环从宿舍到教室、从教室到食堂、从食堂到宿舍这个铁三角,而且一天要来回跑两圈,连建筑系馆(清华学堂)都很少有时间去,看不到梁先生也是很正常的事了。

前两年的学习使我懂得了建筑学专业是怎么一回事,通过建筑历史课、建筑设计初步课等授课老师的讲解,我们也对梁思成先生的学问和为人知道了不少,我心里也对梁先生敬仰得很。

1954年起,建筑界掀起一场批判"大屋顶"的风暴,梁先生也受到不小的冲击,我们当时还是刚入学不久的学生,虽然从报上的一些文章和漫画中知道了一些情况,但实际上对这场"运动"的缘由和它本身所涉及的政策及学术理论问题并不太清楚,事实上我们低年级同学也没有被卷进这场大辩论,只是照样上中国建筑史的课,照样费劲地画传统建筑的渲染图……当时有的老师说,中国民族形式的大屋顶造价很贵,许多建筑都用上大屋顶会给国家造成很大的经济损失，我们听了也觉得很对。新中国成立初期，解放战争和抗美援朝战争刚结束不久，国家刚开始第一个"五年计划"搞经济建设，百废待兴，搞经济的确非常重要，至于大屋顶嘛，少用一些就是了，我们不少同学当时就是这么想的。后来事实证明，老师们说的话是对的，我们这种最朴实的认识（实际上也是大多数老百姓的认识）也是对的，但中国传统建筑本身还是很漂亮的，这一点不可否认。后来听说周总理针对当时被批为"华而不实"的"专家招待所"（今日的西颐宾馆）说了一句话，大意是：华而不实，毕竟还是"华"的嘛。国家领导人中肯、实事求是的点评，既批评了建设中的浪费现象，也肯定了中国传统建筑（民族形式）的优点。后来这场批判运动逐渐平复，建筑界大多数人也冷静下来了，我们系里的教学活动一切照常，没受什么影响。

在国庆工程设计的日子里

1959年是新中国成立十周年的重要年份。从1958年起,中央及北京市就开始筹划为纪念新中国成立十周年而兴建十大"国庆工程"的工作进程。从1958年夏天开始,我们全系师生(低年级学生基本上不参与或很少参与)都积极投入了这项工作,参加了人民大会堂、革命历史博物馆、国家大剧院以及科技馆的方案设计竞赛工作,我那时候是五年级,全班九十人全部参与了,这半年时间里,梁思成先生非常忙,他是首都规划委员会的副主任,天安门广场的规划方案和一些重要的国庆工程设计方案,他肯定都要参与评审的;同时,针对我们系的国庆工程设计方案,他也在百忙中抽时间参加评议。我记得一次评议人民大会堂方案设计的会,梁先生也参加了,只是大教室中人挤得满满的,我挤在人群后面,听不大清楚他说了什么。梁先生对国家大剧院方案分外上心,那时我们国家大剧院设计组在系馆二楼东面几个房间内，有一次他来我们屋听李道增先生介绍方案的情况，梁先生特别强调要注意反映中国传统建筑的特点（民族形式），他说大剧院是国家艺术的殿堂，艺术就是要有民族性，他的意见也成为我们设计国家大剧院的基本理念。我们设计国家大剧院时，基本平面功能布局是按照李道增先生的意见，参考了德国德绍剧场的平面，而所有外形方案，全部是中国的民族形式，没有例外。我想，我们大剧院设计组全部人员都尊重了梁先生的意见，都和他的观点保持了一致。令我印象深刻的是，梁先生还亲手画了一个国家大剧院的立面方案，托李道增先生带到设计组（他当时因为市内有重要会议不能来），在我的记忆中，这应该是梁先生这些年来为首都工程亲手画的唯一一张设计图，这也是我第一次见到梁先生亲笔画的设计图。

这张图尺寸不大，是用硫酸纸画的，并不是徒手草图，看来是用丁字尺三角板在图板上画的。梁先生画得很认真，铅笔淡彩，色调典雅，并没有大红大绿的颜色，但呈现出的色调有点儿敦煌壁画的格调。梁先生在国家大剧院设计中并没有用上大屋顶，而是在屋檐部分用了小坡顶黄色琉璃瓦，大剧院入口部分是九开间柱廊，用的是方柱而不是圆柱，最重要的是，梁先生画的柱廊中的柱子并不是顶在梁枋下面，而是把柱子穿插上去，使屋檐下厚厚的梁枋形成一格一格的图形。李道增先生向我们传达梁先生的设计意图时，特别强调了梁先生的意图——一定要体现出中国民族形式的精神。这种柱廊方式是"插枋"而非"托枋"，李先生说这是梁先生最重要的设计理念。"插枋"是中国传统建筑形式中最重要的特征之一，而"托枋"却是西方古典建筑形式——柱式的基本特征。我们看了这张图，都很受启发，当然，因为平面功能布局和总平面的关系，我们并没有直接按照梁先生的方案做，但梁先生的设计理念确实直接影响了我们后来的设计方案。我和田学哲两人负责最后方案的立面设计,采用了"插枋"的柱廊形式,同时也采用了平屋顶厚檐口及贴黄色琉璃瓦饰面砖的手法,但有所不同的是,我们的方案在插枋手法上用上了"冲天柱",直接冲破屋檐,而且强化了柱头的造型设计。柱廊中我们还画上一排红色宫灯,使这个建筑看上去更有中国味,后来我们这个方案被评审委员会正式确定为中选方案,但要在这基础上进一步优化,上报后又得到了批准(后来听有关人员说,毛主席亲自点头同意了我们这个方案),听到这个消息我们十分兴奋,后来文化部将这张渲染图还给我们,要我们继续修改,我当时还在这张图背后写上了:"此图是毛主席看过而且批准的国家大剧院方案。"可惜的是,这张渲染图以及梁思成先生亲手画的设计图后来都找不见了。20世纪80年代,我还去资料室查过,都没有找到。

关于"象征主义"

在后来几年的设计工作中,我有幸又得到了梁思成先生的几次指点和教诲,懂得了"象征主义"并不是高明的设计手法,这使我的设计理念和手法都提高了一步。

1960年,我们系接受了解放军大剧院的设计任务,当时由李道增先生担任设计总负责人,我担任建筑组组长。那时我刚毕业留校工作,参加了由教师和学生共同组成的设计工作组,但由于是刚毕业,和参加设计组的学生们其实就相差一个年级,他们也没有把我当成老师,大家都是同学,因此,基本没有人称呼我为老师,男同学都直呼我的名字,女同学不好意思,就客气一些地叫我"组长"。我和毕业班学生相处得十分融洽,合作得也很好。

"解放军大剧院"也是一个极为重要的项目,做设计方案时我们马上想到要表现"国威"和"军威",为了表达这种气氛,我画这些方案时在建

解放军大剧院我的构思草图

筑物屋顶上加了一些战士形象的雕像，有点儿像古罗马帝国的大建筑物，我自己觉得很气派、很威武。

有一次梁先生也来参加评图，他看完方案后当时就指出这种手法不可取，他说："你们都知道古罗马时代的神庙吧？还有那个柏林的布兰登堡大门，那都是罗马帝国以及普鲁士皇帝为了炫耀他们的武力而建成这样的，后来意大利出了个法西斯分子墨索里尼，他又想学古罗马，便在罗马城南部搞了个'新罗马风格'的建筑，难看得很。"梁先生又说："我希望你们不要随便地模仿西方古典建筑，更不赞成你们学那种加雕像的手法，你们这是在设计建筑，加那么多雕像上去干什么？"后来我们按照梁先生的意见去掉了许多建筑物顶上的雕像，改进了方案设计。后来，我在80年代去了罗马南部，看到了那批墨索里尼提倡的"新罗马风格"建筑，确实难看得很，它们呈现出一种粗野而又粗暴的建筑个性。

梁先生对我更直接的一次批评和教诲是在两年后。

那是1962年春天，建筑系大部分教师以及高年级学生参加了"古巴吉隆滩胜利纪念碑"在全世界范围内的方案设计竞赛。这次设计竞赛又燃起我们年轻人的热情，因为菲德尔·卡斯特罗、切·格瓦拉、劳尔·卡斯特罗等人的传奇故事，当时的大学生人人皆知。卡斯特罗在起义前曾被巴蒂斯塔政权抓起来，并在法庭上接受审判，他在法庭上公开申辩时发表的演说《历史将宣判我无罪》使我们对他敬佩不已；格瓦拉更是许多女同学的偶像。

古巴革命成功后第二年，美国就组织了一批由古巴流亡分子组成的雇佣军向古巴发起反扑，进行武装侵犯，古巴革命政府很快就在"吉隆滩"（又名"猪湾"）打垮了侵略军，捍卫了新成立的古巴人民共和国。为了纪念这次有历史意义的胜利，古巴政府决定在吉隆滩建造一座纪念碑，由当时的苏联政府发起国际设计竞赛，向全世界征集设计方案。

当时有不少年轻教师和高年级学生热情高涨地投入了这次设计竞赛，我们脑海里充满了"革命的浪漫主义"思想，出现了许多浪漫想法：什么最能代表古巴这个国家的特点？什么最能反映古巴人民勇敢英武的气概？不少人立刻想到了"甘蔗刀"，因为它是最能代表古巴特点的物件。但光是甘蔗刀还不够，于是设计方案图中出现大量的长枪、刺刀、火箭炮，还有带刺的仙人掌等图案的纪念碑。另外，我们都特别留意了"VENSELEMOS"（古巴必胜）这个拉丁语口号，据报道，当时卡斯特罗在号召人民抵抗美国侵略者时就是喊的这个口号，于是有人就设计了一面大墙，上面刻有"VENSELEMOS"的字样，再让一架美国飞机撞毁在墙根下，这个方案很吸引大家的目光……我当时一鼓作气画了五个方案，其中一个方案用草地和鲜花组成国旗图案，在中间五角星的位置上立起五把甘蔗刀。另一个方案是一个巨大的仙人掌形状的纪念碑图案，旁边画着一个举起甘蔗刀的古巴人，设计图上方写着一行大字"VENSELEMOS"。

在评图会上，梁先生来了。他摘掉眼镜，非常认真仔细地看着这些挂在墙上的图纸。看到我画的两张图时，他转过身来对着我说："胡绍学，这是你画的方案图吧？我一看就知道是你画的。"我回答说："是我画的。"我心里明白，这几年我画了许多次用炭笔表现的设计草图，包括国家大剧院、解放军剧院等，梁先生都看到过，大概他已熟悉了我的草图特点。这时梁先生对我说："你的设计图像漫画！"听了梁先生的话，我一时不知怎么回答。

梁先生在看完大家的图后，转过身来对在场的全体学生和年轻教师说："我这里要向大家提出一个问题，就是建筑设计中的'象征主义'问题，这是一种常见的设计手法，但这是比较低级的设计手法。要表达纪念建筑的意义和精神,不一定要让建筑物直接模仿某种物件或自然界的动植物形象,这种象征主义纪念性的建筑,在历史上几乎没有特别成功的。"梁先生停顿了一下,又接着说,"苏联十月革命后的一段时间内,特别是在卫国战争胜利后,出现了一股象征主义设计思潮的作品,有人甚至把真坦克车、大炮、火箭炮直接放在基座上作为纪念碑。这些手法不高明。建筑师设计纪念建筑时,应当用建筑物的造型和空间来营造一种气氛,使人能够得到崇高、挺拔、有力的感受,这是我们应该注意的,我们应当把眼界放高一些。"

这是一位有着深厚建筑艺术修养的前辈对年轻建筑师的教诲。我当时做了一些记录,原话不一定记录得完全,但大意绝不会错。

梁先生评图时并不是就着一张张方案图点评图中的具体问题,也不是只评论比例、色彩等,而是站在高处就设计方向性的问题谈出精辟的

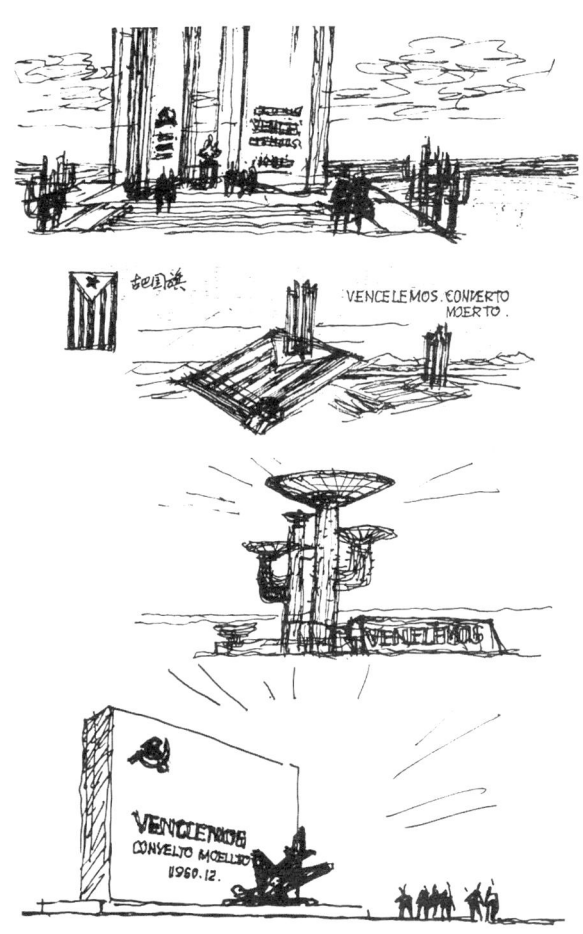

古巴吉隆滩胜利纪念碑设计竞赛 我的设计构思图

意见。这对我们年轻人来说犹如醍醐灌顶，思想震动非常大。

会后我又想起自己曾在解放军剧院设计中受到梁先生批评的事，看起来"象征主义"的设计理念已成为我当时的"习惯性思维"了。梁先生批评得对。这次古巴吉隆滩的设计评图使我印象深刻，久久不忘，梁先生的教诲，也令我终身受益。

陶猪

我还是学生的时候，就听到过建筑系内部流传的一则小故事，关于梁先生家的那只"陶猪"。那是梁先生钟爱的一件收藏品，我听本系的一位教师说起过，梁先生曾对学生说："什么时候能欣赏到这只陶猪的妙处，你们的建筑系也就可以毕业了。"但这只陶猪究竟是什么样子，绝大多数师生都没有看到过。

1962年夏天，系里请梁先生给研究生及年轻教师做一次学术报告，当时民用建筑设计教研组让魏大中和我到梁先生家中拿一些教具和模型。到了梁先生家后,他让我们拿上一个斗拱模型、一些书籍,这时候我看到书架上有一个像猪一样的灰黑色小物件,随后梁先生说"把这个也带上",于是我马上伸手去拿,梁先生马上说:"小心,别摔坏了,这可是件宝物。"我问:"这就是那只陶猪吧?"梁先生说:"是的,你们有盒子吗?最好把它用纸盒装上。"我们说没带纸盒,然后梁先生找出一个小纸盒把这只小陶猪装在里面交给了我。我对梁先生说:"您放心吧,我们不骑车,走到系馆去,不会摔坏的。梁先生,这只陶猪在系里可有名呢!好多人都知道。"梁先生笑说:"你们觉得它好在哪里?"魏大中说:"看起来像是一件仿古的雕塑品,如果这是件出土文物,那就挺有历史价值的。"我也说:"这陶猪胖乎乎的,看上去有点傻,挺可爱的。"梁先生笑了:"你们还没有看懂。这只陶猪的妙处,就在于一个'拙'字,过会儿我在课堂上讲给你们听。"

汉陶猪示意图
梁思成先生所藏的陶猪在文化大革命中已丢失，我爱从儿时查看资料发现这个陶猪和我记忆中的样子有许多相似，故而用素描法绘成此图。2015/4/25 [签名]

汉陶猪示意图

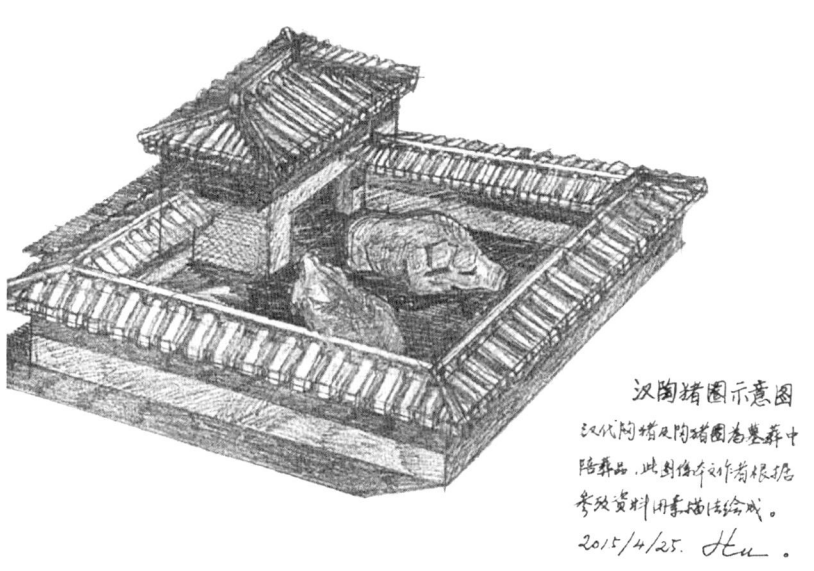

汉陶猪圈示意图
汉代陶猪及陶猪圈为墓葬中
陪葬品。此到仿本刘作者根据
参考资料用素描法绘成。
2015/4/25. Hu．

汉陶猪圈示意图

去清华学堂的路上，我和魏大中议论起来，我们认为"拙"就是"笨拙"的意思，猪本来就是比较蠢笨的。魏大中说汉代墓葬中有陶俑、陶猪这种陪葬品，都是泥瓦匠做的，他们并不是什么雕塑家，大概其凭着自己的印象捏一个就是了。虽谈不上精准，但总还是能捏出一个东西的基本造型，让人一看就知道是什么。在课堂上，梁先生分享的内容很丰富，谈了许多关于建筑艺术修养方面的东西，深入浅出，很生动。在讲到建筑物的比例尺度时，他说这个尺度很重要，建筑物的尺度就是人的尺度，一切以人的感觉来确定尺度的合适与否。他在黑板上画了一个带坡顶的小房子，又在房子边上画了一个人，然后对大家说："看，这座房子能住人。"接着他把"人形"擦掉，画上一只大狗，又对大家说："看，这房子变成狗舍了，尺度也变了，可见建筑物的所有尺度都是以人的观感和使用是否方便得当为依据的。"他又说，"这个图只是做个比方，真正的尺度和细部处理是非常讲究的，设计时必须仔细斟酌……建筑构图规律很多，你们都知道统一、变化、比例、尺度等元素，而其中'尺度'是最难掌握的，你们将来会慢慢领会。"梁先生还谈到了中国传统建筑的几个特点，提到了"插枋"与"托枋"是中国古典建筑和西方古典建筑的根本差异之一，因为中国古典建筑是木结构，而西方是石结构，这两种建筑材料的特性决定了建筑形式的不同。

这堂课上最吸引人的，是梁先生用粉笔在黑板上画的一座宝塔——北京的辽代天宁寺塔。梁先生认真仔细，将这座塔一笔一画地画出来，我从未看到过别的老师在黑板上这么认真地画讲课时用的图。画完宝塔后，他又将塔身各部分（屋顶、多层屋檐、基座等）引出水平线，但没有注出各条水平线间的距离尺寸，而是像写五线谱那样，在各水平线之间画上各种音符记号，例如全音符、二分之一音符、四分之一音符、休止符等。画完后,梁先生转过身来面对满堂的学生们笑了笑,说道:"你们看,这就是一首乐曲!仔细听听这座宝塔带给我们的音乐享受。"这时,大家都屏住呼吸,静听梁先生的讲话,我第一次听到有老师这么形象这么生动地描述建筑和音乐的微妙联系,"建筑是凝固的音乐",这句赞美建筑的名言,在梁先生的笔下被阐释得如此形象而又精辟。几个月后,梁先生在《建筑学报》发表文章,名叫《拙匠随笔》,也有以上这个内容,梁先生称自己为"拙匠",意味深长。我因此联想到那次谈到陶猪时,梁先生也用了一个"拙"字,可惜那次课的内容太多,到了下课时候,梁先生已没有时间再讲陶猪的"妙处"了。

几十年过去了,写这篇回忆梁先生的文章时,我百感交集。我首先想到的是,我们真是三生有幸,遇到了这么有学问又风趣亲切的老师。我也逐渐领会了梁先生说过的那些话里的深刻意义,他极其重视建筑艺术传达出的内在美感,这是一种含蓄的美，正所谓"可意会不可言传"。梁先生用一个"拙"字来形容那只陶猪的艺术价值，我现在也领会到了，"拙"是一种艺术境界，那只陶猪虽然看上去不起眼，但它的造型能准确地表达出猪的根本特征，做陶猪的匠人（或许是仿古雕刻的人）也许不是大艺术家，但他能凭借生活中的直觉抓住猪的本质特征——笨拙，就像一幅儿童画，儿童们往往能画出他们感受到的外在事物的最为实质和确切的特点，虽然技法粗糙，形态不准，但儿童画有时比那些矫揉造作的美术作品更能打动人心。我终于领会到了，如果艺术家能够达到"拙"这个层次，那就是一种返璞归真的境界了。

我同时也很佩服梁先生在讲课及评论时用词的准确性，他往往能用最少的词和字——比如一个"拙"字，比如"插枋"和"托枋"——准确地阐释和表达出丰富深刻的含义，真是"惜字如金"。这让我想起王国维先生在《人间词话》

中评论苏东坡、辛弃疾和姜白石三人词作的境界高下时,也只用了"隔"与"不隔"来形容。

1959年秋到建筑系工作后,我有幸得到梁先生多次的亲自教诲。但1966年"文化大革命"直到1972年梁先生去世的这段时间,我却仅见过他一次,那是在1966年8月24日,我至今都记得这个日子。那个晚上,清华园的二校门被聚光灯照得雪亮,一群学校领导干部和知名教授们在红卫兵的呵斥下,费力地拆除"二校门"——清华大学最重要的标志物。我在清华学堂大门口,看到梁先生被一群红卫兵押着游街,他的头上戴着纸糊的高帽,身上披着龙袍(清华建筑系资料室的收藏品,原来是清华社会系的藏品)。我当时的心情,至今都不愿再想起分毫……

作为清华建筑系的学生,我也可以称得上是梁先生的弟子。几十年过去了,梁先生的音容笑貌依然清晰地留在我的记忆中,他的人品学问和那几次教诲,使我终身受益。

回忆戴念慈先生

1957年，我还是大四学生的时候，认识了戴念慈先生。

当时清华大学建筑系实行了一项非常好的制度，那就是四年级的课程设计（公共建筑）指导老师要从校外请最有经验的建筑师来兼任。那年我们的课程设计题目是"旅馆设计"，系里请了四位国内知名的设计大师来指导，他们是张镈、戴念慈、严星华以及林乐义，他们当时都是北京建筑设计院及中国工业设计院（建设部设计院的前身）的总建筑师，是中国建筑界的有名人物。

那时我们建筑系馆还在清华学堂，我们班专用教室在学堂二楼，但系馆的大房间不够用，我和田学哲、汪庆萱、吴炎堃四个人分在系馆东面的一间小房间，现在想想真是很运气。因为只有我们四个，所以座位比较宽敞，戴先生负责指导田学哲和吴炎堃，严星华负责指导我和汪庆萱，他们各自还在别的房间指导另外两个学生。到我们屋时，因为房间小，戴老师和严老师在看完各自指导的学生后，总是又转过身去看另一侧两位学生的图，他们还相互讨论。所以从实际效果上看，就是两位老师一起指导我们四位学生，这使得我们很高兴，可以同时接受两位大师的指导。

戴先生和颜悦色，说话细声慢气，而严先生说话声调高昂、中气十足，每逢严先生说话时，戴先生往往停住自己的话，笑眯眯地看着严先生，听他讲话，这情景十分有意思。有一次，严先生看着我的方案图，大声地对我说："你这个旅馆的卫生间尺寸完全不对，大得离谱，你可能一点儿生活体验都没有……"这时戴先生笑着对严先生说："他们学生哪里会住过饭店。"随后又笑着问我，"你参观过饭店吗？"我说我们参观过一些，比如北京的国际饭店，戴先生一听又笑了，对严先生说："你看，学生都参观了你设计的国际饭店了，照样不会做……"严先生也笑了，说："所以说如果住过一次饭店，那卫生间里面的设备怎么用、尺寸多大肯定都会清楚了。好吧，现在只能靠你们自己从书本资料上把它搞清楚了。"我当时感觉很不好意思，也有些内疚，我的确没有搞清楚旅馆中卫生间的一些设备，连抽水马桶都从来没用过，只是画了一个圈，具体尺寸真的不清楚，卫生间该多大才合适也不清楚。

严先生对学生的设计图看得很细,还特别关注图上的一些主要尺寸,刨根问底地问我为什么是这个尺寸,而戴先生却常常问学生为什么建筑的各个功能部分采用这样的布局以及你是怎样想的,等等。总之,两位老师各有侧重,对我们帮助都很大。

有一次,戴先生走过来看我画立面草图,我用透明纸蒙在正立面图上修改门窗屋檐比例,他看了说不要光考虑一个立面,应该同时考虑一个建筑的几个面的效果,他亲自动手给我示范,照我的设计很快画了两个方向看的透视图,然后对我说:"你看,你这个房子从真实效果看,体型单调,所以应该首先从改善体型上着手,光考虑门窗比例没有用。"戴先生的铅笔透视草图画得很准,很好看,我们在前两年做设计时,还从未看到过有老师亲自动手画透视草图能这么准,这使我感受颇深,也使我下了决心,一定要学会戴先生这一手本事。时间一晃已过去几十年,回忆起这些往事，我倍感亲切，我后来喜欢徒手画设计透视草图主要就是受了戴先生和汪国瑜先生的影响。

我记得戴先生还对我们说过，做建筑设计决不能一个方案做到底，要多方案比较，他说："建筑设计不是解数学题，只有正确和错误两个结果，解一元二次方程式还有两个答案呢，何况建筑设计？"戴先生这些话令我印象十分深刻，后来我教学生时，也常常引用他这段话。

1958年国庆工程设计竞赛时，我们清华建筑系参加了国家大剧院的设计，戴先生领导他所在的设计院参加了中国美术馆的设计，这两个建筑方案评审会常常是合在一起开的，由中国美术家协会组织评审，也有文化部领导和专家参加。我们也参加了会议，也多次看到戴先生参加评审会。有一次很重要的评审会令我印象很深刻，那次会议在帅府园中国美协展览厅内举行，在讨论中国美术馆的各种方案时，专家们没有看到中国工业设计院送来的方案，就问这是怎么回事，有工作人员赶紧回答说他们正在来的路上，请稍等一会儿。过了一会儿，只见两个年轻人扛着一块图板急匆匆地走入展厅，戴先生跟在后面，图板上是戴先生他们的最终设计方案渲染图，图纸都还没有干，所以无法下板，他们就把湿的图纸连图板一起扛到评审大厅来了。而这个方案，就是被评审专家们最后选定的方案，也是戴先生亲自画出的"敦煌莫高窟形象方案"，也正是现在人人熟知的中国美术馆。

从国庆十周年之后，我有20多年没再见过戴先生。直到改革开放后的1984年，因为参加烟台市"中国建筑者之家"的设计竞赛，我才在烟台鲁鹰宾馆见到了戴先生，也见到了许多建筑界的元老级专家们。见到戴先生是在评审会前，我非常兴奋地走过去对他说："戴先生，您好，您还记得我吗？"戴先生先是一愣，然后忽然对我一笑，说："记得，当然记得，国庆工程美术馆方案评选的时候,我们见过几次,你们做的国家大剧院方案很好。"我说:"戴先生,您还记得我的名字吗?"戴先生说:"怎么不记得,我教过你们设计课,你和田学哲我都记得。"我又说:"您指导我们设计课时所画的草图,我们还记得呢!"这时田学哲也走过来,说他至今还保留着戴先生的草图,戴先生高兴地问我们这几年都做了什么项目,我们回答,一边教书,一边也做了不少设计,这次是来参加"中国建筑者之家"的设计竞赛,戴先生听了笑着说:"好,好!后生可畏嘛!"在这次评审会上,我介绍了我们的方案,最后,我们的方案全票通过,顺利入选。那时候的设计竞赛评审会不像现在这么严格,参加设计的人可以坐后面旁听,只是表决时要退场。在会上,戴先生很肯定我们的方案。

评审会中间,烟台市主管城市建设的一位负责人来找戴先生,说想请他设计一座烟台的灯塔,说这是烟台市的标志,戴先生听后,忽然指着坐在后排的我说:"我最近工作太忙,恐怕没时间动手做设计了,我给你们介绍一位年轻建筑师(其实那时我已不年轻了)胡绍学同志,他们清华老师做建筑方案很好的。"后来,李道增先生也鼓励我做烟台灯塔的方案,我就很高兴地答应了。趁着戴先生在这里开会,我希望能找个机会请他指点指点,就回招待所客房内用炭笔画了一张很小的方案草图,然后拿去给戴先生看。他一边看一边问,还是二十几年前指导我们设计课的样子,最后,他同意了我的设计方案,并指出几点必须考虑到的问题,比如灯塔的高度一定要按海港局所提出的技术要求决定,不可擅自决定,还指出一定要保留原有英国建造的旧灯塔的基座等重要意见,后来我们都一一照办。

　　戴先生那时已经六十多岁了,除了担任中国建筑学会的理事长,还担任建设部的副部长,已经是高级领导了,工作繁忙可想而知,但听说他那时还在指导年轻人做设计,仍然自己动手画方案图。戴先生的体格原就不健壮,这次相见,他精神虽然很好,但我感觉他比以前更消瘦了,说话声音也变得更轻了……

我那几年还看到过戴先生一些其他的设计作品,比如斯里兰卡班达拉奈克国际会议中心大厦,从照片上看,建筑物外形端庄秀丽,并且具有当地的民族文化特征;还有颐和园北宫门外的"马列主义学院"(现在的中央党校),在八十年代后期我们也去参观过,是现代派的风格;戴先生在曲阜的"阙里宾舍"更是精彩,建筑外表及庭院设计呈现出中国传统建筑的风韵,但手法是现代的,新建建筑与周边环境也很协调。我一直感觉,戴先生的设计中,似乎透着一股灵气,在立面造型上常常有一般人想不到的处理手法。那些年,我自己在做设计的时候(比如中国建筑者之家),有时也会模仿戴先生的手法,但总是学不好。戴先生一直是我在建筑设计方面的导师,是我的榜样，虽然他只教过我一学期的设计课，但我从戴先生的作品中一直能学到新东西。

从八十年代中期开始，我参加了一些中国建筑学会组织的学术会议，也见到戴先生几次，但由于他是会议主持人或是大会主要学术报告人，这期间我难有机会和他单独见面。在餐厅用餐碰到他时，也只能是寒暄问好而已。

1991年深秋，我参加一次高校设计院的工作会议时，忽然听到一个噩耗——戴先生在一天前因病去世。这让我大吃一惊，顿时陷入悲痛的情绪中，当时东南大学建筑系的一位老师也难过不已。

戴先生的去世使我心里非常难受，他是我尊敬的老师之一，也是在业务上我很敬重的指导者，他的设计思路和专业技巧影响了我一辈子。

谨以此文，表达我对戴先生的追思之情。

回忆张镈先生

在回忆戴念慈先生时,我马上会想起张镈先生,他也是教过我们的老师,而且是我遇见过的前辈建筑大师中最有趣的人。

张先生在中国建筑界可说是人人皆知的大师,他主持设计的北京人民大会堂、民族宫、西颐宾馆等建筑都是新中国成立以来我国新建筑中的典型之作。

张先生在北京市建筑设计院工作,我认识

他和认识戴先生一样早,而且张先生和我的接触更多一些。在我读大四的时候,一些著名的建筑大师被请到建筑系教旅馆设计课,张先生不是直接指导我的老师,但他留给我的印象很深。张先生身高体胖,和戴先生对比很明显,他常常到我们四个人的小教室里来谈天,有时候也会看看我们的设计图。第一次看到张先生,我就觉得这位老师很有趣。那天,张先生走进我们的小教室,一进来他就呵呵笑着说:"这个门太窄了。"接着他对我们几个学生说:"我身体最宽的地方不是肩膀,而是中段,加上两条手臂,刚好70厘米,这个门宽也就70厘米,刚够我通过。"我们听了也都笑了起来。张先生又接着说:"你们别笑,我的身子是一把最好的尺子,门多宽我一走就知道,还有我的手掌、我的脚,全是尺子,我两手平伸、单手举高都是尺子,都有用的!"戴先生和严先生也都笑起来。我们知道张先生是在告诉我们人体尺度的重要性,只是用一种很有趣的方式讲出来。

张先生晚年时体重比较重,有时候开会,坐在沙发上的他常常想起身却站不起来。我记得有一次座谈会,我和另外一个同志撑着,他才站起来。

但几十年里,张先生留给我的印象却始终是精神饱满、声音洪亮,他讲得一口地道的北京话,除了胖些,看起来十分健康。

20世纪80年代中期,我们参加"中国建筑者之家"方案设计竞赛,他也是评委,我们所有人都被安排住在烟台市东海滨的"鲁鹰宾馆"。评选会第二天,张先生忽然上吐下泻病倒了,原来大家吃了新鲜的海味,可能是食物中毒,还有几个人也腹泻了,但病况没有张先生严重。当天晚上,我和田学哲到张先生房间去看望他。田学哲和张先生的儿子是高中同班同学,还常去他家玩,所以和张先生早就认识。进门后,张先生看到我们很高兴,便想探身坐起来,我们赶紧扶住他,要他继续躺着,他说感觉好多了,躺下后笑了笑又说:"好汉难挡三泡稀啊!"

张先生说:"你们的方案做得不错,有点儿意思,但是屋檐太窄了,小坡屋檐看起来就像是一层平平的薄檐口,没有反映出地方特色,尺度感有问题……"

随后我们就讨论起坡屋顶的坡度和尺度感的问题,张先生告诉我们:"做中国传统坡屋顶,一定要保证足够的坡度,不要凭自己的感觉减小坡度,现在有很多设计模仿中国传统坡顶形式,但却减小坡度,从透视上看根本看不到坡顶,这坡度一点儿都没用,还是应该按传统建筑的法式做,该多高就多高!"他还说,"当初我做民族宫时,大屋顶立面一画出来,不少人都说怎么这么高,太高了不好看,我坚持不降低屋顶高度,怎么样?盖完后他们都认可了,都说幸亏没降低屋顶高度,否则盖完后就像一顶鸭舌帽了,老祖宗的东西不能随便改,要么不做,要做就该做得地道……"

在和张先生的接触中,我们学到了很多有用的东西,包括理论观点、实际手法等,这些都是多年的经验积累,他都毫不保留地教给我们这些晚辈。关于建筑立面中的尺度感问题,张先生说:"建筑物立面的尺度感是一个很微妙的东西,人在远处看和在近处看的感觉是不一样的,看新建筑和看旧建筑的尺度感也是不一样的,都需要仔细捉摸,有些旧建筑你印象中觉得很高,但实际上往往没有那么高,所以,如果要恢复一栋旧建筑,或者按旧的传统形式盖一栋新建筑,应该在尺度上和高度上稍微再放大些或抬高一些,否则建完之后,人们会觉得它怎么变矮了?我刚才还忘了告诉你们,设计民族宫时,大屋顶屋檐下和主体建筑之间的高度我还有意抬高了一些,因为过去的中国传统建筑没有民族宫这么高,所以屋檐下高度加大一些,从透视上看就会舒服一些。就像人脖子短了不好看,不是吗?"记忆中,那次谈话虽然时间不长,但张先生的风趣和博识令我印象很深,也让我学到了不少东西。

在20世纪90年代初,清华二校门要恢复重建,但基建处能提供的资料只有一张原来正立面的照片,没有尺寸,也没有其他任何图纸,各部分细部的尺寸也没有人记得清楚了,这怎么办?好在这张旧照片中,二校门旁边站着一个人,是个男的,这便可以作为尺寸参考了。我们就将这个男人身高按照173厘米计算作为参考,按同样比例推算出二校门立面各部分以及细部线脚的尺寸,我当时嘱咐孙国伟同志负责这项工作,这是一个十分细致而又烦琐的任务,但也没有别的办法。在小孙画完最后的立面图后,我忽然想起张先生说过的话:"在恢复旧有建筑时最好适当加高一些。"考虑到二校门的塔式干柱式部分是不能改动尺寸的,因为文艺复兴柱式的各部分比例很严格,改动柱身高度会成为不标准的"柱式",因此,我和小孙商量,把柱身以下的基座加高20厘米。而二校门中间拱门上书"清华园"三字的檐下部分是人们熟知的重要部位,尺寸也不能改变,所以最后,我们在二校门最上方的女儿墙部分加高了30厘米。这样一来,对比原来的照片,调整了尺寸的二校门立面图看上去几乎没有走样,于是我们便决定按此图施工。新的二校门建成后,校内师生员工以及校庆回校的校友们都非常高兴,昔日熟悉的清华园中心部分终于恢复了原貌,二校门再次成为人们拍照留影的重要地点。新二校门建成后二十多年来,没有任何人提出过其高度和原来的二校门有什么不同,我后来常常思考这个问题,便觉得张先生的观点是有道理的。这可能是他基于经验提出的看法,理论上虽然很难证明,但实际效果是成功的。

后来我又想到,张先生的观点可能参考了雕塑界的理论,因为雕塑真人大小的雕像时,一定要比真人高一些，否则做成后在视觉效果上会让人觉得比真人矮。

说起二校门，我又想起清华园最早的"大校门"，即西校门，是张先生早年设计的。20世纪90年代中期，二校门复建后，有一次基建处负责同志找我商量，说要加固和修复西校门的外饰面，请我去西校门现场商量。看过之后，我发现西校门的外饰面已经破损不堪，估计已有六十多年未修缮了，但立面分缝非常合理，尺寸比例也很漂亮，后来我对基建处的同事说，外饰面可以改用新的材料，但饰面分缝尺寸绝对不能改变，因为这座西校门是建筑大师张镈先生设计的，体现了他一贯的设计风格——敦实、厚重、气派、大方。西校门是清华园中又一个具有历史意义的建筑物，加固和修复时千万要注意保持原有建筑的风貌，包括材料色彩、饰面分缝尺寸等。

人们都说"建筑如人"，还真有点儿道理。

一名建筑师设计出来的作品，其建筑风格除了受时代影响外，总会带有建筑师个人兴趣爱好以及性格特点的痕迹。戴念慈先生的建筑作品都比较端庄典雅，而张镈先生的一些作品，大都厚重、大方、有气势，许多有名的外国建筑大师们的著名作品也都能体现出他们个人的性格和爱好。正因为建筑学本身包含着艺术创作的成分，搞艺术的人如果不反映艺术家个人的审美情趣和个人性格特点，那他做出来的作品还能生动吗？还具有艺术生命吗？

关于张先生，我至今还记得一件有趣的事。大约在1958年冬天，我们都到人民大会堂工地上参观。那时候人民大会堂主体结构已经大体完成，正要准备做外墙立面施工，在工地上按1/10的比例做出了一个人民大会堂东立面柱廊的片段，檐部处理、柱子及柱头按照实施方案都做得相当细致。在场的人有建筑师、教授、雕塑家等，做这个缩小的立面实物是为了征求建筑界同行的意见和建议,以便改得更好更完善。这时张先生站在前面给大家讲解,他指着大会堂柱子的柱头说:"有人提意见说这个柱头是埃及式的,其实不是,它吸收了中国传统的莲花柱头样式特点。埃及的莲花柱头是'草莲花',上小下大,花形和咱们的不一样。还有人说这柱头太胖了,有点儿'肥头大耳',我倒是喜欢有点儿'肥头大耳'的,这样才显得雍容华贵……"张先生的话让人不禁联想到他的形象,因此还未讲完,底下便发出一片笑声,许多人也都说:"按这个柱头样式做很好,很大气。"张先生就是这样一个风趣的人,但风趣中又带着很多切实的道理。

张先生是我青年和中年时代设计生涯中的良师益友,在那些年的多次接触中,他教会我不少实际有用的专业知识。1958年冬天,我们清华大学承担了国家大剧院的设计任务。施工图进行中的时候,我被分配在国家大剧院外墙立面组做设计。当时，由于人民大会堂工程量浩大，其施工图早已完成，主体结构也正夜以继日地施工，但其外墙所需的花岗石贴面材料因为考虑到将来石材施工周期会长一些，所以必须赶早去订货，以便早日进行石材加工。而国家大剧院也需要花岗石面材，而且必须与大会堂的石材色彩和质地相同，因此，工程指挥部要清华方面一起去预订石材，系里便派我去和北京市建筑设计院人民大会堂现场设计组商量。那天我到了商议地点，一进屋就看见张先生和许多设计人员围坐在一张大桌子旁讨论。张先生认得我，因为前一年我在北京院进行施工图实习，他还教过我们设计课。在北京院实习时，我们还和张先生办公室的同志一起讨论过民族宫的设计问题，张先生也参加了。看到我之后，张先生说："胡绍学，你来是为外墙花岗石的事吧？指挥部的人通知我了，说清华也要派人一起去选石材，你来得正好，指挥部同去选石材的同

1959年国家大剧院实施方案图

志马上就来了,我先向你交代一下。"随后,张先生便带我走到大桌子旁,他指着靠墙立着的一些石材样板说:"第一,色彩要浅些,要纯净的,不要有太多的芝麻点;第二,颜色看起来得是'暖调子',要'暖灰色'。"他指着这几块石材样板要我细细品味比较,我这是第一次听到"暖灰色"这个词,觉得很新鲜,但仔细品味后,又觉得很贴切,虽然同是灰白色的花岗石,但色调确实有"暖灰"和"冷灰"之分,我后来也常常在选石材时用这个词。后来我和工程指挥部的一位同志去了河北昌黎县,去了好几个山上的采石场,大块大块的花岗石毛料被切割好,运到山脚下再切割成小一些的毛料。这些小山坡上全是人,钻机声音大得听不清人说话,场面很大,热火朝天,附近的村镇百姓都在为北京国庆工程开采石料。我们和村里的负责同志一起选了几种石料,他们答应三天后就做成小块样板,送到北京以供最后选定。只是后来由于某些客观原因，国家大剧院项目暂停。

20世纪80年代以后，外国各种建筑思潮陆续传入国内，国外许多设计公司也大量进入中国建筑设计市场，国内建筑界的创作思潮也在一定程度上变得混乱，模仿、抄袭时髦建筑形式的设计非常多。那时候我参加过不少次建筑方案评审会，也有几次遇到过张先生——他作为评审委员参加会议。我记得，当时几乎没有听到张先生对被评审的设计作品说过好话，他每次总是大声地批评设计中的问题，而且都集中在面积浪费、结构不合理、功能使用不合理等方面。和其他评委不一样，他很少对设计风格表明自己的意见，似乎对一些所谓的"创新风格"不感兴趣。当时我也听到一些年轻同行们的议论，意思是张先生似乎落后于时代了，是"保守派"，等等。张先生当时确实年事已高，身体也每况愈下，很少亲自操刀做工程设计了，作为北京市建筑设计研究院的老资格顾问总建筑师，他主要负责指导重要项目的设计，同时参加北京市一些重要项目的评审会。但我并不认为张先生是"保守派"，他提出的批评和意见是中肯的，是无法否认的，是必须改进的，这难道就是保守吗？

至于张先生不大愿意对建筑风格和创新问题发表意见，我认为这并不等于他对这方面没有态度和看法，而且我认为，不愿表明看法本身就是一种态度。以张先生六十多年的实践经验，他在评图中提出的许多意见和建议，对今后提醒设计者改进设计无论如何都是有益的。

我记得贝聿铭先生在一次谈话中提到过对建筑师的看法，他认为建筑师大致可以分为两类，一类是实践型的建筑师，多做实践少谈理论，但这并不意味着不关心时代和技术的发展，在实践中也可以多学习多应用新技术新材料，并在大量的实践中形成自己的风格；另一类建筑师比较重视理论，在建筑形式和理念上重视创新，并在自己的实践中不断追求创新，这可以说是创新型的建筑师。这两种类型的建筑师都可以为社会和建筑业发展做出贡献,当记者问贝先生自己是属于哪一种类型的建筑师时,贝先生回答,他认为自己是实践型建筑师。确实,贝先生完成了大量的实际项目设计,世所公认,也形成了自己独有的建筑风格。所以,虽然贝先生没写过太多理论著作,他不也是世界公认的建筑大师吗?

张先生也一样,也是一位经验丰富、技术娴熟的实践型建筑大师,他的实践经验和对建筑本原的看法,对年轻后辈来说十分宝贵。

90年代初期,我的同行好友**魏**大中在北京市建筑设计院工作,他曾说过,他在做北京长富宫的设计时,由张先生指导把关,他学到了好多"招"。现在想起来,我虽然没有在张先生手下工作过,但也在这几十年中得到了张先生传授的不少知识和手法,我也学会了好多"招",而且"招招管用"。

张先生离开我们好多年了。记得在北京市建筑设计院为他举行的遗体告别仪式上,来吊唁的人非常多,我排队等了好长时间才走进吊唁大厅。大厅中靠墙立着数不清的花圈,还有人写了挽联向张先生致敬。他的遗体被平放在花丛中,我走过去,看着他瘦削了不少的身体,心中非常难受。张先生是我的前辈,是我尊敬的老师。他的指导和教诲,我会铭记一生。

回忆汪国瑜先生

以前清华建筑系毕业校友的许多回忆母校的文章中，很多人都提到了汪国瑜先生，在学生们心目中，汪先生是一位和蔼可亲、多才多艺，又善于谆谆教诲的学者和老师，学生们尤其佩服汪先生独具一格的书法艺术以及他的建筑画，也有很多学生们称汪先生是"清华建筑画派"的代表人物。汪先生是我建筑专业生涯中的领路人之一，也是我的良师和益友。

说起来也许有人会不相信，我1953年秋季进入清华建筑系上学，直到1958年大学五年级时，才第一次见到汪先生，而汪先生已在建筑系任教快十年了。学了四年，还没有见过这位任教已近十年的教授，这不是有点儿奇怪吗？其实不奇怪，同年级的同学不少人和我一样，在大学的前四年中，都没有见到过汪先生。

原来，汪先生在1956年下半年被派到苏联进修了，而我们在大一、大二时，专用教室都不在"清华学堂"系馆内，每天的固定活动路线就是从宿舍到食堂，从食堂到教室，再从教室到食堂，最后从食堂回宿舍，很少有时间去系馆，后来汪先生又去了苏联，所以大学前四年，我们都没有见过汪先生。

大约在1956年，我们看到过杭州西湖边"华侨饭店"的全国设计竞赛中获第一名的方案图，设计人是汪国瑜、胡允敬、朱畅中三位先生。这个饭店不但设计风格新颖，透出一种典雅别致的韵味，而且表现图画得非常漂亮，水彩的颜色薄薄的，有一种近乎透明的淡雅感觉。当时我便极佩服这位汪先生，他们的设计和其他的参赛方案比起来，水平确实高出一块。

第一次见到汪先生，是在1958年我们系参加国庆工程设计竞赛的一次评图会上。那次是"人民大会堂"的方案评图会，在系馆一间大教室中，人挤得满满的。我们班参与的设计项目很多，我参与的是国家大剧院设计组，比我们低一级的同学加入了人民大会堂和革命历史博物馆等方案设计组，但很多项目的评图会，其他组的同学也可以旁听。

在那次评图会上，我看到了汪先生的一张水彩渲染图，他设计的人民大会堂是西洋式（确切地说是苏联式）的，正面是高大的柱廊，非常气派，整张图色调淡雅，色彩明朗，渲染技巧细腻，尤其是图面衬景中的树画得非常漂亮，我们尤其注意了他笔下树的"帅劲儿"，无不交口称赞。汪先生那时也就三十多岁,刚从苏联回国不久,印象中他有一种艺术家的气质,潇洒而文雅。

后来,我又被编入王玮钰先生和汪国瑜先生所在的人民大会堂方案组,记得我当时用6B铅笔画了一些徒手方案草图,线条粗犷,还涂了不少阴影,汪先生看了就笑了,对我说:"你这像是画素描,画建筑设计方案图应该再细微些和准确一些,否则下一步怎么深化?"后来在国家大剧院及解放军大剧院设计中,我多次欣赏到汪先生画炭笔粉彩草图的情景,他还亲自教过我用炭笔时握笔的方法以及用手指抹粉彩的方法。从那时起,我便开始更多地用炭笔画设计草图了。

60年代初,我有幸和汪先生编在同一个教学小组,教低年级的建筑设计初步课及设计课。那时候还没有电脑,所有的设计图都是徒手或用丁字尺三角板画的,而且设计图纸规定要用重磅道林纸裱在图板上，画建筑效果图还要用水彩渲染，渲染图中，建筑本身表现以及"天""地"只要按固定方法进行，不会出太大的毛病，但渲染图的衬景却直接影响了这张图最后的效果，尤其是树。树在渲染图中特别重要，不画就不能衬托出建筑所在的环境，画坏了就等于废了这张表现图，所以每到画树，学生们都提心吊胆，甚至很害怕。现在说起这个事，可能很多人会觉得很可笑，学建筑的学生，把建筑设计好了，树有什么要紧的？老师评分时难道会因为衬景画不好就减分？但实际上，在那个年代，建筑设计本身固然是最重要的，但一张表现图的整体效果也非常重要，这在一定程度上反映了学生的构图能力和审美水平，因此也成为老师们评分时的参考因素。现在用电脑绘制效果图的时候，设计师们不也很注意树的形状以及其在图面中的位置吗？

于是有一次，我向汪先生提出一个请求：

"您能不能画一些树的样子作为示范图,给学生们作为参考,让他们掌握基本的要领。"汪先生痛快地答应了。没过几天,他就拿来一张白色道林纸,上面列出了几十种画树的方法,全是用毛笔蘸着黑墨水画的,杨树、柳树、松树、柏树、阔叶树、灌木丛、花丛、玉兰花、梅花……应有尽有。其中还有汪先生独创的一种风格的树形,我们当时称其为"扫把树",那是一种化繁为简的、能集中表现树的姿态的典型画法,后来这种"扫把树"成了汪先生的"品牌",我们年轻教师及许多学生都纷纷效仿。学期结束后,汪先生将这张图送给了我,我收藏了好多年,只是几经搬迁,最后找不见了。这张教学参考图反映了汪先生极其认真的教学态度,遗失了真是可惜。

汪先生的炭笔粉彩表现图最能体现他独具一格的绘画风格以及高超的绘画技巧,他的设计草图以及水彩、水墨画曾多次在系馆走廊中展出,令许多年轻教师和学生叹为观止。实事求是地说，我认为汪先生的手绘表现图的水平在当时全国范围内的建筑院校中是首屈一指的，当时我们一批年轻教师，比如田学哲、冯钟平、单德启、魏大中、徐莹光以及我，都从汪先生那里学到了不少建筑画的技法，说我们是汪先生建筑画的"嫡传弟子"也不为过。20世纪八九十年代，汪先生还画过"黄山云谷寺"等一批炭笔粉彩画，更是闻名遐迩。

1984年，李道增先生、汪国瑜先生和我参加了全国人大常委会办公大楼的方案设计工作，组织者在全国范围内邀请了三十多人，集中住宿在西皇城根一座楼房中，每天大家都各自做方案。当时的全国人大常委会副委员长以及有关领导同志还经常来看我们做方案的情况，这个办法效率确实不差，四五天时间内就会有几十个设计方案出炉。令我印象深刻的是，汪先生在画方案图时，周围常常聚着一些人观看。汪先生做了一个"大院子"方案，院中有一个球形屋顶的大会议厅，四周为办公楼。汪先生的这个设计方案很有特色，当时有很多年轻设计师慕名来观摩汪先生的画图手法。

汪先生在晚年时还出版了一些书法和画集，得到了业界的广泛好评。依我之见，汪先生是我国当代建筑画界"宗师"级的人物。

20世纪70年代初，"文化大革命"末期时，汪先生和我都受到了冲击，当时建筑系和土木系合并为"土建工程系"，我和汪先生还在受审查，因而不能参与教学工作，只能做一些教辅工作。当时我们在主楼九楼一个房间内刻钢板。所谓刻钢板，现在的年轻人可能都不知道是什么东西，那是当时一种用来油印教材讲义的蜡纸，用铁笔在蜡纸上刻字，蜡纸下垫着钢板，刻好一张蜡纸，在油印机上用手拿着滚筒来回滚动，教材讲义的内容就印在纸上了，一张蜡纸可以印上百张。这种油印讲义现在恐怕只有在博物馆中才能见到，但油印方法在中国却通用了几十年。当时我和汪先生刻印的是《结构力学》《建筑施工》《英语教材》等内容的讲义,每人每天能刻2—3张蜡纸,刻了一年多的时间。

在蜡纸上画插图绝对是个技术活,一般油印讲义中多半只是单线条图,线条还不能交叉,否则一印起来蜡纸就破了,汪先生和我却能刻印出带有立体感(有阴影的)的插图,施工机械如吊车、大卡车、挖土机等都极为生动,像美术画,再加上汪先生那一笔好字,标题有时还用隶书,这几本油印讲义出来后,当时土木工程系的几位老师以及一些学员看了无不交口称赞,有的老师说:"这教材质量堪称全国一流水平。"我当时心想,你们哪里知道,这是一位书法家、艺术家在给你们刻印教材啊!

在这段和汪先生朝夕相处的特殊经历中,我从他那里又学到不少知识。每当我们刻了一个小时的钢板手腕酸软时,就会休息二十分钟,汪先生便点上一支烟与我聊天,天南海北、诗词书画、建筑艺术……汪先生广博的知识，使我受益匪浅。

有一次汪先生问了我一个问题："你说说，为什么中国传统建筑形式的基本体系是木结构？中国许多地方都不缺石材，为什么中国发展的是木结构体系，而西方古典建筑发展的却是石结构体系？"听了这个问题，我一时间蒙住了，想了半天也答不出来。我学过中外建筑史，对此是很感兴趣的，我能准确地画出中国传统建筑的典型架构模式，甚至是典型斗拱体系，也能准确地画出希腊、罗马时期的一些著名建筑立面，但却从来没想过这个问题。也许有老师讲过，但我忘记了。

汪先生看我回答不出来，笑说："这是一个很有意思的问题，你知道是什么原因吗？是'宗教'。"

宗教原因？这个论点太有意思了。汪先生接着讲了如下观点："中国主要的宗教虽然是佛教，也有许多老百姓信佛，但中国历史上许多朝代的帝王实际上信奉道教，推崇道教，比如秦始皇，他追求长生不老，为寻找不老仙药东临黄海之滨；宋徽宗自称'道君皇帝'；唐玄宗迷信道教更不必说了；成吉思汗极其尊重丘处机，道教可以说是元朝的国教；明代不少皇帝信奉道教，一心炼丹，都想长生不老；到了清朝，乾隆皇帝表面上尊重佛教，但实际上信奉道教，还自称为'十全道人'……"我便问汪先生："但道教和中国传统建筑的木结构体系有什么关系呢？"汪先生答："奥妙就在这里，你要知道，佛教宣扬'来世'，劝人们在世时多做善事，以求'来世'取得好报，而道教却重视'今生'，希望通过修炼达到长生不老成为'仙人'，这是完全不同的追求。"听了汪先生的解释，我有点明白了："当皇帝的当然希望长生不老，以便能永远享受荣华富贵，所以特别喜欢'修炼''炼丹'，找'仙草'和养生秘方，无非是想多多享受今生。

但信佛教太苦了,在世时要吃苦修行,吃素念佛,无法享受……"汪先生说:"这就是原因,一个皇帝登位,就开始做几件大事,修陵墓、盖宫殿。陵墓建在地下,所以使用砖石,因为不容易腐烂。但地面上的宫殿则需要快速建起来以供享受,最快的方法就是采用木结构。"听了汪先生的话,我茅塞顿开:"是啊,中国历史上改朝换代时还有一个野蛮习俗,战争取胜登上皇位后要一把火烧掉旧朝宫殿,再兴建新的王宫。"汪先生说:"这种情况倒不经常,你是指项羽火烧秦始皇的阿房宫吧?大多数新登基的皇帝恐怕舍不得这样做,享受现成的宫殿不是更快吗?"

汪先生还说:"中国古时候盖房子主要就是土和木材,现在我们把建筑工程称为土木工程就是这么来的,土木工程的英文是'Civil Engineering',是'市政工程'的意思,'土木工程'是中国人的译法,这也反映了中国历史上的习惯概念。"

汪先生关于"木结构体系"的这个观念，以前我从未听说过。我现在认为，汪先生的这个观点虽不一定能概括全面，但确实有其合理性。通过那次谈话，我觉得汪先生的确是一个博学多才的学者，也是一个善于思考的学者。

1989年我在英国进修，见到了我的一个学生，他当时在爱丁堡大学读博士研究生。他说他的论文中有一个核心问题，也是他的导师提示他要进行研究的问题，那就是"为什么中国传统建筑采用木结构体系？"原来英国学者也注意到了这个问题。他说他准备回国做些调查研究，我告诉他一定要去拜访汪先生。

我后来常常想起汪先生这个有趣的观点。20世纪90年代，我好几次想去拜访汪先生再讨教讨教，但耽于行政事务以及工程设计事务，一直未能如愿。我也和一些同行谈起过此事，他们都说："这个观点很新鲜，以前还真没听说过。"

汪先生退休后，住处离我不远，开始几年我还常在小区内见到他和夫人赵老师出来散步。有一次我见他弓着腰，走路不便，便问他怎么了，他说因为搬一个凳子不小心闪了腰，我说："你这是老毛病犯了，记得以前你在家搬什么东西时也闪了腰。"他说："是啊，这是我的老毛病了。"过去三十多年间，我也去过汪先生家多次，每次都能欣赏到他挂在墙上的新书画作品。遗憾的是，近几年我没有再去拜访，而汪先生却和我们永别了。

汪先生比我年长十六七岁，不能说是我的长辈，但他是可敬可亲的师长，对我有兄长般的关心和扶持，亦师，亦友。

回忆贝聿铭先生

2016年5月,从朋友处惊闻住在纽约曼哈顿的贝聿铭先生于去年元旦在家中遭到生活管理员的袭击,致使手臂皮肤受伤出血的消息。惊愕之余,我在网上搜索查阅,才知道贝家当时已报警,贝先生当即被送往医院,幸无大碍,经包扎后出院。该管理员系一年轻女护士,她辩解自己是要抓住贝先生手臂以防他跌倒而造成误伤,后她被警局带走,不久被交保释放。

不过贝先生总算无大碍,要知道 2015 年时,贝先生已 98 虚岁了。

回忆老师和著名的建筑大师们,我当然不会忘记贝先生,他是世界闻名的建筑大师,我曾有幸和贝先生短时间地接触和交谈,大约三天的时间,我们交谈数次,使我印象颇深,久久不忘。

1994 年 4 月,贝先生已经 77 岁了,但身体依然很好,思维敏捷,走路和说话也很利落。当时我们清华大学建筑学院想聘请贝先生担任名誉教授,我与学院负责外事工作的同志和贝先生的助手取得联系,得知贝先生欣然应聘,这使我们非常高兴,双方商定,名誉教授聘请仪式定于 1994 年 4 月 2 日在清华大学举行,贝先生和夫人一行将于 4 月 1 日抵达北京。

4 月 1 日上午,我和学校外办负责同志到首都机场迎接贝先生及夫人,随行接机的还有当时担任中华全国工商业联合会会长的经叔平先生、国务院侨办的廖晖主任,他们都是贝先生的老朋友。

送贝先生一行人到北京饭店贵宾楼后,贝先生要我在他客房内坐一会儿,他说想问问明天典礼后举行的学术演讲会上,学生们都想听些什么内容,我马上就回答:"卢浮宫的金字塔!"贝先生一听就笑了:"大家是想听我新作品的设计意图吧?好吧,我这次演讲的时间不到一个小时,就讲一下卢浮宫扩建设计的事吧,但是我要申明的是,那不是金字塔,那是卢浮宫地下博物馆的主要入口,我采用这个三角体的形式只是为了用简单并且体量最小的几何形体来减少对卢浮宫原有建筑的影响……"贝先生的回答就说明了他的设计意图,我听后也笑了,对贝先生说:"我们大家都习惯把它叫作'金字塔'了,贝先生您能讲讲这个问题对大家会很有启发。"

接着我和贝先生商量了一下这两天的安排。4月2日上午在清华举行名誉教授聘请典礼,接着有一个小时的学术演讲；当天下午贝先生及夫人另有重要活动；晚上清华大学王大中校长宴请贝先生及夫人；4月3日傍晚，贝先生他们将离开北京回美国，因此我问贝先生还有些时间，是否还想要去哪里看看，我们可以派人陪同，贝先生想了一下说："不必了，北京我已来过好几次了。"我当时也未经考虑，忽然冒出一个想法，便问贝先生想不想再去香山饭店看看，谁知贝先生一听，马上摇摇头。我当时心里咯噔一下，知道自己冒失了，但贝先生马上说："香山饭店建成后我已经去看过，这次不必再去了。"当时我有些感觉，贝先生似乎对香山饭店的现状不太满意。那里最近几年的情况确实不很理想，我去参加过好几次会议，各种单位都在那里举办大型会议，一般旅客却不多。香山饭店似乎已从一个旅游宾馆变成了一个会议宾馆。另外，这家饭店正面外墙墙面多处裂缝，客房卫生间漏水，卫生洁具也有坏的，管理也不到位……然后我想到贝先生设计事务所的一个团队曾在北京从事业务工作,当然去过香山饭店,估计贝先生对香山饭店的情况也会略知一些。随后贝先生又笑着说:"我没有别的意思,你别在意,我这次日程安排比较紧,后天上午便不必再安排活动了。"

后来贝先生还问起我是哪年毕业的,是否去过美国,现在在做什么项目的设计,等等,我都一一回答。当他听说我去年在美国哈佛大学GSD进修时,高兴地说:"GSD,我也在那里上过学呢!但已是半个多世纪以前的事了……"这时我看了一下表,从进房间到现在已经过去二十多分钟了,我应该离开了,但我心里憋着一个问题,便问道:"贝先生,您这几年也来过北京好多次了,您觉得北京市近几年新建的公共建筑哪几个比较好?"贝先生没有正面回答,只说了一句:"太快了。"

这句"太快了",实际上已表明了贝先生的

意思。我说:"贝先生,您的意思我大概明白了,主要是指设计与施工速度太快,质量上有些问题吧?!"贝先生答道:"一个项目在进行设计前,必须要经过充分的论证和思考,当年法国密特朗总统请我做卢浮宫扩建项目时,我只提了一个要求,给我三个月的思考时间,我再答复。做卢浮宫扩建这样重大的项目,不经过仔细思考和调查研究就仓促拿出设计方案,是不负责任的,密特朗总统痛快地答应了我的要求,他所表现出的诚意也使我很感动……"

和贝先生谈话的时间不长,但他的论点后来我回想起来都是很精辟的。

4月2日早晨,我们在清华主楼门廊前迎接贝先生,他下车后和我们一一握手,又在主楼前广场环顾了一下,对我说:"这个广场很有气势啊!"步入主楼大厅时,他问我主楼广场南面那栋楼是什么楼,我告诉他那是建筑系馆(那时这栋建筑还没有完工,还搭着脚手架),是我设计的，贝先生听说是建筑系馆很高兴，他对我说："能设计建筑系的系馆是一件很幸运的事，美国有不少建筑系馆都是有名的大师们设计的。"我赶忙回答："我可没法跟沙里宁、格鲁皮乌斯这些大师们相比，可惜这次贝先生没能看到完工后的建筑系馆。希望明后年贝先生能再来清华并参观，看看我们的建筑学院。"贝先生笑着点头说："有机会一定来。"

贝聿铭名誉教授聘请典礼在主楼后厅举行，由王大中校长主持，建设部部长叶如棠以及很多国内建筑界著名大师都参加了，典礼很隆重。仪式完成后，贝先生做了近一个小时的学术讲座，卢浮宫扩建项目果然是主要内容之一。

4月2日晚上，王大中校长在首都宾馆宴请贝先生及夫人，宴会开始后，贝先生向王大中校长及吴良镛教授等敬酒致谢，我们也向贝先生及贝夫人敬酒祝贺，并祝他们夫妇俩身体健康。但是宴会进行到半程中，发生了一件意外的事。

我在清华大学主楼前迎接贝先生

当时我坐在贝夫人旁边，忽然发觉贝夫人身体一斜，倒了下去，我吓了一大跳，赶紧扶住询问："贝夫人，您怎么了？"但贝夫人没有回答，她双眼紧闭，嗓子里还发出呼噜呼噜的声音，好像在打鼾。一时间许多人都围了过来，王校长说："赶紧把贝夫人扶到沙发上去。"我们几个抬着贝夫人，将她平放在沙发上，只见她脸色通红，依然没有醒过来，这下把大家都吓坏了。贝先生俯身叫唤她的名字，她也没有答应，不知是谁说了一句："可能是中风了。"吴良镛先生说："赶紧送协和医院吧。"我急步到一层大厅总服务台叫急救车，吴先生去给协和医院认识的一位副院长打电话……等急救车来时，贝夫人悠悠醒转，两三个人搀扶着她上了车，王校长、吴先生、外办的同志和我一起跟车去了医院，这时协和医院的副院长及几位大夫也已经到了，要我们在会客室等着。护士们把贝夫人扶进了急诊室。贝先生不停地站起来又坐下去，王校长和吴先生一直劝说和安慰贝先生,直到大夫们过来。

那位副院长对大家说:"我们开个会诊会议吧。"等大家都坐下后,他说:"大家不用太担心,贝夫人没什么大事,心跳、血压都基本正常了,意识也清楚,可能是太劳累了,又喝了点酒引发的。"贝先生问这是否是轻度中风,大夫回答说:"我们初步诊断是短时间晕倒,还不能说是中风的,因为她醒过来后一切都正常。"我告诉大夫,贝先生和贝夫人这一天日程安排得很紧张,上午到清华参加典礼活动,下午中央首长又接见贝先生和贝夫人,晚上又参加晚宴,大夫们说那可不是嘛,日程安排得这么紧张,一个快八十岁的老人肯定受不了的,并向贝先生提出,建议贝夫人当晚留在医院休息,观察一段时间,但贝先生说他需要征求一下贝夫人的意见……

贝先生从急诊室回来后对大家说:"她自己感觉不错,说在这里肯定睡不着,坚持要回宾馆休息。"只是要再给贝夫人测一下血压，再开点药。十几分钟后，贝夫人出来了，我们扶她上了车，将他们送到下榻的饭店。贝先生和我们告别时，说了许多感谢的话。回到清华后，已经是4月3日凌晨两点。

当天中午，我按王校长的嘱咐给陪同贝先生的助手打了电话，询问贝夫人好些没有。所幸贝夫人一切正常，大家终于放下心。

几天后，我又接到贝先生的助手从纽约打来的电话，他说贝先生问这次去协和医院花了多少诊疗费，他会将费用汇过来，我赶紧要他转告贝先生，协和医院没有收我们一分钱，医院大夫说贝先生是贵客，贝夫人出了点儿意外，医院帮忙诊断一下是应该的，不需要收什么费用。我请那位助手转达了我们对贝先生及贝夫人的问候，也看到了贝先生认真细致、以诚待人的作风。

谨以此文祝愿贝先生健康长寿。

丹下健三访问清华建筑学院

　　1995年上半年,我在上海参加一个建筑专业会议时,听同济大学的一位朋友说,日本著名建筑大师丹下健三先生刚担任了上海市政府规划顾问,丹下先生在上海期间,曾对同济大学的教授说起过他也很关心清华大学建筑学院的情况,并说他到中国次数不多,很可惜没能有机会去清华大学看看。听到这个消息,回学校后我便和院内几位同事商量,认为应该尽快与丹下先生取得联系，邀请他来清华建筑学院访问。

自从20世纪80年代以后，清华建筑学院加强了与各国的专业学术交流，许多境外建筑大师以及专家学者们都来过我们学院访问，其中不乏日本的建筑师，但日本最享有盛誉的丹下先生却没有来过。

1995年7月底，我写了一封邀请信给丹下先生，没想到很快他就回信了。他在信中表示，很期望到清华访问，以加强中日建筑界的交流合作，并为加强中日之间的友谊做一些贡献。

接到他的回信后，我院当即派王炳麟教授9月去日本见丹下先生，并和他商量访问清华的具体时间及安排，我们希望丹下先生能在当年10月中旬或第二年春天来，因为那时的北京气候比较舒服。王教授回来后说，丹下先生很重视这次访问，也指定了他们设计公司的总经理龟卦川淑郎负责和清华商谈访问事宜以及开展双方学术交流合作事宜，但是访问的时间最好在1996年春天，因为王教授见丹下先生时，丹下先生偶得感冒，身体不适，不便近期远道出行，我们当然也尊重他的决定，丹下先生年事已高，已经八十三岁了。

20世纪80年代以后，全世界建筑人士几乎没有人不知道丹下健三先生的，他之所以声名远扬，主要是因为设计了一系列优秀建筑，这些作品将日本固有的民族传统文化和建筑理念有机地融入到了现代建筑理念之中。

20世纪80年代，日本建筑进入了世界先进行列，丹下先生厥功甚伟。另一方面，他还是著名的建筑教育家，培养出了一批有创新精神的中青年建筑师，他们之中很多人后来都成了世界著名的建筑师，这些人也是20世纪末日本建筑设计界的中流砥柱乃至领军人物。

在邀请丹下先生来清华建筑学院访问的同时，我们还想聘请他担任清华大学的名誉教授。一年前，我们邀请贝聿铭先生来清华建筑学院做学术报告，当时校方也聘请了贝先生做名誉教授。我们把这个想法汇报给校外办并转达到校长办公室，校长很快同意，并嘱咐我院做好迎接丹下先生的准备工作。

事情也凑巧，1996年3月，由中国几所大学组成的"中国教育代表团"到日本访问，我也是其中一员。这期间我向代表团领导、清华的杨家庆副校长汇报了我们想请丹下先生访问清华的事，杨副校长也是学校负责对外工作的领导，他说学校聘请丹下先生为名誉教授是没有问题的，但时间上还需双方协商，我向杨副校长建议，趁我们在日本的时候去拜访丹下先生，杨副校长欣然同意了。

那天，丹下先生的助手通知我说丹下先生很高兴能在东京和我们见面，双方约定了时间，在东京赤坂王子饭店见面。这座赤坂王子饭店就是丹下先生设计的，在建筑界很有名。我和杨副校长到达饭店时，见到了丹下先生和他的夫人，杨副校长代表清华大学向丹下先生发出邀请，并说明校方想聘请丹下先生为名誉教授，丹下先生听了很高兴，他说："我和贵校建筑学院的胡院长早已商量好了在今年内访问清华大学，现在贵校表示要聘我为名誉教授，我深感荣幸，我一定会去清华大学访问的……"丹下先生还说他七十年代末曾到中国北京访问，可惜没有去清华大学参观，这次能有机会访问，一定要参观清华大学的校园，我们也做出表示，一定会好好安排。在将近半小时的畅谈后，丹下先生说："今天你们两位难得到东京来，我已经安排了午饭，希望二位能赏光。"在丹下先生的盛意邀请下，我们在这家饭店的法式烧烤餐厅吃了午饭，他们都很热情，但我发现丹下先生吃得很少。毕竟八十多岁了，烧烤这种食物对老年人其实是不合适的，但丹下先生并没有考虑自己的情况，而是要让我们品尝这家饭店最有名的吃食，当时我心中很过意不去。

用餐期间，我对丹下先生说，这家饭店大堂室内空间很好，室内庭院还借鉴了日本庭院枯山水的手法，我非常喜欢。丹下先生谦虚地说："让二位见笑了，这实际上算不上是日本的传统庭院，只是摆了几块石头，不合规矩的。这座饭店是在八十年代初期建的，当时东京经济处于高涨期，拼命地盖高楼，追求速度，在建筑质量上其实存在一些问题，比如客房偏小，客房卫生间设备也有问题。因为投资商要赶工期，很多地方我们没能进一步修改完善，我心中觉得很遗憾。"丹下先生作为世界著名的建筑大师，这样谦虚且实事求是，我很钦佩。

但是聘请丹下健三先生为名誉教授的仪式并没有在1996年举行。在和丹下先生取得联系整整两年后，他终于在1997年5月初访问清华，那年他已经八十四岁高龄了。

1997年5月4日，丹下先生和夫人一行到达北京，5月5日午后，他和夫人及龟卦川先生

丹下健三先生摘下眼镜仔细观看学生们的作品模型

到达清华建筑学院，稍事休息后，他提出要看看学生的设计教室，我们陪他去了四年级的专用教室，正好那班学生的课程设计是旅馆设计，他走到一个学生做的旅馆建筑模型前，弯下身，摘下眼镜看得很仔细，围绕着他的学生们都等着他点评，但他看了一会儿后，只抬起身向学生们笑了笑，点了点头，却没有说什么。据我观察，丹下先生是不想说什么，看起来他秉持着谨慎礼貌的态度，大概是不想影响学生们的情绪。我当时想，这要是在日本，或在他的工作室，他早就严厉斥责了，丹下先生对年轻人要求是很严的。

下午两点半，王大中校长在主楼接待厅会见了丹下先生，然后陪同他一起来到主楼后厅，此时后厅中已坐满了学生。典礼开始后，我方介绍丹下先生生平，王校长向丹下先生颁发名誉教授证书、学生代表向丹下先生献花、王校长致辞、互赠礼品、建设部领导及学生代表致辞等程序完毕之后，丹下先生开始学术讲演。

演讲的详细内容我已记不太清楚了，但仔细回忆起来，还是有两点印象很深。第一，他谈到了建筑师的社会责任和担当，说建筑师不仅要会设计一栋建筑，还要多研究和考虑城市规划和环境问题，应当为社会文化的发展以及人民生活环境的改善做出贡献，并担当起应有的责任。第二，丹下先生谈到了日本现代建筑和传统建筑融合的问题，这也是许多人最感兴趣的问题，丹下先生大概是这么说的："……要使现代建筑在日本生根，就不能仅仅是把这些日本传统木结构建筑的构建形式用在现代建筑造型上，我们应当更仔细地研究如何吸引日本传统文化中内在的精神和内涵……"现在回想起来，丹下先生在实践中是言行一致的，他就是在一直努力这样做。他吸取了日本民族传统"禅文化"中的一些内容和形式，比如60年代东京奥运会主场馆形体设计中体现的日本的"奥"形式内涵，又如他在草月会馆室内外设计中吸取的"桂离宫"和"龙安寺"的日本"枯山水"庭院设计手法,等等。

学术讲演结束后,丹下先生参观了清华校园,当晚六点半,王校长在颐和园听鹂馆设宴招待。看得出来,丹下先生那天特别高兴,他的日程排得特别紧张,从早到晚都有安排,而且中午没有休息时间,而且丹下先生面对每项安排(包括会见、参观学生作业、演讲、仪式中的各个程序、参观校园、晚宴等)都是聚精会神地对待的,肯定要耗费体力和精神,这对于一位八十四岁高龄的老人来讲实在是太不容易了。这也使我想起1994年贝聿铭先生访问清华的事,那天贝先生的日程和丹下先生一样,也是从早到晚排满,也是由王校长设晚宴招待。

不过一天忙下来,丹下先生依然精神很好,特别是晚上在听鹂馆用餐时,他相当兴奋,提到自己也有一本颐和园的图册,知道颐和园东门旁的德和园大戏台,但却不知道昆明湖西北部还有一个"听鹂馆",是听戏的地方,现在在这里用餐,真是很有意思呢。

在经过整整两年的联系和准备之后,丹下先生终于来了清华,我们非常高兴,同学们和老师们也都能目睹这位世界闻名的建筑大师的风采,聆听他的演讲。

2005年3月,丹下先生以92岁高龄去世,但他留给日本乃至全世界的知识和学术财富是永恒的,无价的。

和安德鲁合作设计国家大剧院

我从未与外国建筑师有过深度的交往和合作，但有一个人却例外，那就是法国巴黎机场设计公司（ADP）的保罗·安德鲁（Paul Andreu）。他是我这些年来所结识的最好的外国朋友，也是一个有趣的朋友。

1999年3月下旬，我们在巴黎的考察与合作工作告一段落，回国前一天晚上，安德鲁请我们设计团队在巴黎市中心最好的一家餐厅吃饭。席间他喝了不少白葡萄酒，频频举杯口齿不清地反复对我说："Mr.Hu，你是我最好的朋友……干杯！干……"我当时感觉，他说的并不是客套应酬的话。

和安德鲁结识，要从1998年的北京国家大剧院国际设计竞赛说起，那时竞赛已进入中期阶段。从1998年12月19日我和安德鲁第一次交谈（也可以说是争吵）开始，到2001年冬天国家大剧院初步设计经专家委员会审查通过为止，差不多三年时间里，我们清华大学国家大剧院设计团队和法国ADP国家大剧院设计团队一直在紧密合作，这个过程中，误会、猜忌、释疑、友好、欢乐交织在一起，最后大家都成了朋友。这期间发生了许多值得说一说的趣事。

作为新中国成立十周年十大国庆工程之一，国家大剧院在五十多年前已经举行过一次国内设计竞赛，最后清华大学建筑系的方案中标，经周总理批准交由清华大学设计。当时清华大学组成了近三百人的工程设计组，包括建筑、结构、机电、舞台机械以及声学等各专业设计人员，做完了施工图，即将开工，但因为一些客观原因，也由于国家当时经济困难，这个项目暂停，一停就是三十多年，直到20世纪90年代初才又开始设计竞赛。1998年初，前三名设计方案评出，清华大学的方案也在入围之列，但按照有关领导的指示，最后还要进行国际设计竞赛，以征得更好的设计方案。

四十多年来，国家大剧院所有的设计竞赛，粗略统计起来怕是有将近二十轮，我在学生时代就参加过，以后的几十年中，每次有关它的竞赛我也都参加了，可以说是搞了大半辈子国家大剧院的设计和研究。实事求是地说，我是有国家大剧院情结的，所以1998年夏天开始举行的这次国际设计竞赛，我们也是下定决心要努力争取的。

1998年夏天的国家大剧院国际竞赛，参

加单位数量空前，共征集到七十多个设计方案，经评审后，留下国内外共九家设计单位，再进行第二轮竞赛。经二次评审后，国家大剧院业主委员会和筹建领导小组又选出了六家设计单位，三家国内的，三家国外的，并通知他们再做一轮设计，但在通知中明确提出，要这六家设计单位自行组合成三个中外设计联合体，每个设计联合体只能上交一个方案，一共只能有三个设计方案作为提名方案上报领导，并从中决定最终实施方案。看起来，这一轮竞赛有点儿像球赛中的决赛了。

我们清华大学大剧院设计组也被选入这六家设计单位之内，但作为清华设计组的负责人，我当时有点儿犹豫不决，因为方案一直是我们自己的思路，而被选入的英国 Terry Farrell 设计公司、南美 Carlos 设计公司以及法国巴黎机场设计公司的设计方案，和我们的设计理念完全不一样，这怎么合作？正犹豫着，第二天就得知，北京建筑设计院已经约定了英国公司，建设部设计院也已经约定了南美公司，这下只剩我们和法国ADP了，这怎么办？不合作也不行了，否则等于自行退出竞赛，无奈之下，我们联系了法国ADP，并约定在清华大学见面，商谈合作事宜。

1998年12月19日，我们和法国ADP公司的人员见面，这也是我第一次见到保罗·安德鲁。他的名字我以前从没听过，只知道他们公司专门设计机场建筑，这次怎么会有兴趣参加大剧院的设计竞赛？一开始我们有些纳闷。

初次见面

那次见面，法方首先介绍了保罗·安德鲁，他是ADP的总建筑师，我也介绍了我方参加会谈的设计人员。安德鲁个子很高，有一头深色卷发，鼻子有些鹰钩，说话时眼睛直盯着对方。在会谈中，他说："这次业主委员会决定要一家中国设计院和一家外国设计公司合作，我们也只能遵守这个规定，但是，我们觉得这次合作应以法国设计团队为主导、中方设计团队配合，共做一个方案上交……"听了安德鲁的发言，我们当然不高兴，于是我说："安德鲁先生，您大概还不太了解清华大学建筑设计院和建筑学院的情况，我们做国家大剧院的设计已经四十多年了，对它的功能需求非常了解，并进行过长期的研究，这次的项目可行性研究报告还是前几年文化部委托我们做的，要清华大学设计团队当配角非常不合适，我们的意思是，这次合作设计，应当以清华设计团队为主导设计……"就这样，双方针锋相对，当时安德鲁脸上的表情也很不高兴。

快谈不下去了，怎么办？不谈也不行。业主委员会通知过我们，明天傍晚前务必给他们答复，否则只能按弃权处理了，于是我建议暂时休会，大家先喝杯咖啡。休会期间，我方人员赶紧商量对策，但一时也想不出什么好办法，看样子这位安德鲁先生是个十分固执的人。不过急中生智，我忽然想到一个办法。

接下来的会谈，我提出建议："我们两家可以合作并向业主委员会呈交两个方案，一个方案以法方为主、中方配合，另一个方案以中方为主、法方配合，当然，这两个方案进行时双方都要互相讨论研究。无论哪一个方案中选，中法双方都有共享权，只是署名可以有先后。"我的话说完，安德鲁和他的团队交头接耳谈了一会儿，然后说："这倒是一个办法，可是业主委员会同意吗？不是说好一个中外联合体只能递交一个方案吗？"我回答："这个问题我来想办法说服业主委员会，安德鲁先生，如果业主委员会同意我们这个办法，您还有意见吗？"安德鲁马上回答："我没有意见，我同意。但你们什么时候通知我们？"我说："明天下午5点之前。"

会后，我立刻打电话给业主委员会秘书长，说我们和法方已经谈好合作协议了，他说："那好啊,你们送一张书面协议书复印件过来。"我接着说:"秘书长,我们商量的结果是,两家共出两个方案上交。"他一听急了,说:"这怎么行?其他两家中外联合体都只允许送一个方案,你们怎么能送两个?!"我说:"秘书长,这次你们决定请我们两家设计单位参加最后一轮的方案征集工作,等于是认可我们都具有参加设计的权利,也就是都入围了,我打个比方,这好比是清华和法国ADP手中都持有一张观看球赛决赛的球票,我们现在把这两张球票用订书机钉在一起,进两个人,不也是可以的吗?""这……那其他两家联合体会有意见的,我没法向他们解释啊?!"对我的建议和解释,秘书长一时间不知怎样回答,好像被我这个理由搞糊涂了。我接着说:"那是因为另外这几家设计单位没有想到这个办法,再说,清华搞了几十年的国家大剧院设计,法方ADP公司这次参加竞赛的前两轮设计方案也都得到了评委会的好评,你忍心让这两家很有实力的设计单位弃权吗？"秘书长又问："这是你们两家一致做出的决定吗？"我回答说："是的。"他犹豫了片刻，就对我说："那就先按你们的意思办吧，但不要对外宣扬。"我回答说："那是一定的。"

当天下午，我就打电话给法方设计组的中文翻译，告知我们的办法业主委员会同意了，第二天，我们就和法方签订了协议书。

失踪事件

和ADP签订完合作协议后，双方都立即开始了紧张的方案设计工作，法方设计团队住在华侨饭店，成立了北京现场设计组，我们双方也在华侨饭店讨论过几次方案。

这一阶段，最使人困惑的问题便是业主委员会对国家大剧院外形风格提出的几点要求，业主委员会负责人多次强调北京国家大剧院要做到三个"一看就知道"，具体为："一看就知道是北京的""一看就知道是中国的""一看就知道是大剧院"。这三个"一看"可不简单，实际上是规定了国家大剧院外形必须是中国传统建筑形式，是中国北京的皇家建筑形式，而不是中国江南民间传统建筑风格，至于像不像大剧院，反倒不是那么重要了，反正那时候北京也还没有这么大规模的剧院，如果参考已建成的首都剧场也未免太"小气"了。这三个"一看"成了所有参加设计竞赛的建筑师头上的"紧箍咒"，真是怎么都觉得不好做，业主委员会和评委们在前几轮100多个方案中都没能挑出一个，现在只能在剩下的两个月时间内做出一个新的方案来，何其艰难啊！

安德鲁已表现出烦躁不安、灰心丧气的情绪，他嘟囔了好几次，说没法做了，还提出大剧院离天安门那么近，怎么做都很难与天安门协调。他建议不必遵守规定的规划红线，还提出要把大剧院向南再后退一百米，这样一来在天安门上就看不到大剧院了,彼此不受影响,我说:"这是所有参赛者都要遵守的规划设计条件,怎么能自己随便改动呢?!"安德鲁听到这样的回答,就赌气说:"那我就不做了。"

没想到他会说到做到。一天之后,安德鲁的主要助手德明熙先生告诉我们,说安德鲁不见了,他很可能一个人回巴黎了,还说他们已经打电话到巴黎ADP公司以及安德鲁家中询问,得知安德鲁既没有回家也没有回公司。到底上哪儿去了呢?一个大活人忽然失踪,所有人都很着急,于是德明熙他们决定马上赶回巴黎。

得知这一消息后我们也很着急,因为双方是在合作设计,对方主设计师突然不见,工作怎么往下进行?想了一会儿,我动手写了一封给安德鲁的信,发了传真给巴黎ADP公司办公室。在这封信中,我引用了毛主席写给柳亚子的诗中的两句话:"牢骚太盛防肠断,风物长宜放眼量。"意思是想劝说安德鲁不要发牢骚,静下心来，这事本来就不容易办好，慢慢来。也不知道他能否收到这封信，能否弄清楚这两句中文诗的意思。只是好几天过去了，对方没有任何回应，也不知道他们找到安德鲁没有，我们这边也急得不知如何是好。

安德鲁"失踪"六天之后，我们突然收到ADP公司发来的图文传真，这是一份大剧院的方案图，外形竟是一个倒扣在地上的椭圆形"蛋"，这个方案抛弃了他们之前的设计思路，用一个极其简单的大圆壳把三个剧场都扣在底下了。

乍看之下有些震撼，我当即就觉得，它与以前见过的所有设计方案都不同，会引起震动的。安德鲁的中文翻译在电话中的一段话更使我感到惊奇，他说安德鲁终于回到办公室了，只是人虽找到了，但他的样子变化太大，头发又乱又蓬松，满脸胡子拉碴，人也变黑了，很落魄的样子，大家吓了一跳。原来安德鲁一赌气，不打招呼就一个人从北京飞回巴黎,他既不回家也不回办公室,一个人开着车满法国乱跑,开到哪里就睡到哪里、吃到哪里,过了六天"流浪生涯"后,他回到办公室,说他想出新的方案了。于是他拿出了流浪路上构思出的这个椭圆形方案。

这就是安德鲁,任性的安德鲁,让人不可捉摸的安德鲁,艺术家气质的安德鲁。几十年来,我还真没碰到过这样的建筑师,他是一个电影里十九世纪前卫艺术家那样的法国人。

割断历史与谱写新历史

既然对方有了新的设计方案,于是便商定,我们尽快去巴黎共同讨论双方方案的深化工作,我们也可借此机会考察一下巴黎歌剧院、巴士底大剧院等建筑,考察期定为十天。

我们去巴黎考察的事,我国驻法大使馆已经知道了,原来文化部也已通知大使馆,说清华大学团队和法国设计团队合作设计北京国家大剧院，要到巴黎考察。到达巴黎后，大使馆通过我们在法国的联系人发来通知，说驻法大使吴建民先生要见我们，还说吴大使很重视这件事，当时的法国领导人也很重视这次的中法合作项目，还透露说法国领导人给中国领导人写了信。

那天，我们一行人到达中国驻法国大使馆，安德鲁也去了。吴大使在门口满脸笑容地迎接我们，一一握手并落座后，吴大使说："……中国和法国都是历史悠久、有着优秀文化传统的国家，中国人（贝聿铭）给巴黎卢浮宫设计了新的博物馆，我希望安德鲁先生也能给北京设计出一座优美的国家大剧院……我希望安德鲁先生和清华大学的教授们一起合作，探讨并创造出继承中国优秀历史和文化传统的优美建筑来……"吴大使的话还没说完，安德鲁忽然站起来打断吴大使的话，他说："不！我就是要割断历史，不割断就不能创新！"一时间全场都默然，空气似乎变得紧张起来，大家都不知说什么好。

这时候,吴建民大使笑眯眯地对安德鲁说:"不是割断历史,应该是你们谱写新的历史……"这下安德鲁倒哑火了。

走出大使馆后,安德鲁一脸兴奋的样子,他似乎从吴大使的话中体会到了理解、尊重以及鼓励。

我要送给北京一个月亮

在巴黎期间,我们共同讨论了各自准备的大剧院方案,互相提意见及建议,最后商定由各自完成全套方案设计图纸及模型,提交给业主委员会,这已是第四轮方案了。这一次,清华的方案也做了很大变动,我们放弃了前几轮方案的布局(三个观众厅分别布置在东西两侧,建筑中央部分南北贯通),采用了大剧院三个主要的观众厅(歌剧院、戏剧场、音乐厅)并列布置的布局,建筑的整体平面形状为半圆形,我们戏称为"半个月亮",我们还在北面布置了半圆形水池,和大剧院平面合起来是一个完整的圆形。

对我们的方案，法方基本没有提出意见，安德鲁说清华的这个方案平面布局和他们最后的方案差不多了，说明双方设计理念已经比较接近，他也很赞成大剧院前面有大水池，说这样能产生倒影，夜晚时会很美。但是他说大剧院距离长安街太近，还是坚持改变规划设计条件，把大剧院整个建筑往南推移一百米。

我们大家都知道这是一个十分冒险的想法，势必会改动人民大会堂西面的整个规划布局，还要进行大片旧城区的拆迁工作，这能获得北京市政府的认可吗？但安德鲁决心已定，我们也就不说什么了，那就这样吧，有一个大胆改动规划条件的方案也好，看看北京市规划部门的反应吧。

安德鲁向我们介绍他的椭圆形方案，他连连用手势比喻，说这是"一个水中的月亮，不是鸭蛋"，说要送给北京一个月亮。他这个说法和

巴黎ADP总部，安德鲁用手势比画着月亮

理念的确很有感染力，但我们总觉得建筑的外形还是不太像一个月亮，我说："这个方案是半个椭圆体，加上水中的倒影，合起来也只是一个椭圆体，不是球体，总觉得有点儿勉强……"安德鲁说："人们会想象的……"他这话说得也有道理，我们对这个方案提出了一些使用功能方面存在的问题，比如布景运输以及消防疏散的问题等，希望他们进一步改进。这次讨论会双方都有收获，我们已经拉近了设计理念上的距离。

安德鲁再次语出惊人

最后一轮审查方案已经没有评委会了，而是改由一个"专家委员会"在听取各方案汇报后，向设计方提出各种问题，设计方应马上做出回答，然后业主委员会最后根据专家委员会的意见，向国家大剧院筹建领导小组提交一份报告。这次方案汇报会规模很大，文化部小礼堂内坐了几十人，会议由贾庆林同志主持，各个方案汇报人在台上都有些紧张，我在汇报清华的方案时，也感觉自己嗓子发干，声音有些发哑，也跟前几天感冒有关。

轮到安德鲁介绍ADP的方案，他介绍完之后，许多专家都抢着发言，热烈程度和其他几个方案介绍完后的情况完全不同，当时我感觉，专家们之前好像憋了一口气，现在火力全开了，看来这个"大鸭蛋"确实引起了震动，我原先的估计没有错。

专家们的发言大都集中在两点上：一是怎么和天安门广场建筑群协调？另一方面，几乎所有专家都认为这个方案没有考虑建筑节能的问题，有的专家直接问安德鲁："这个方案形成了这么高大的室内空间，你考虑过这会造成多大的能源浪费吗？夏天时，空调要耗费多少电你清楚吗？"

小礼堂内的空气仿佛又紧张了，但安德鲁语

出惊人。在回答国家大剧院与天安门广场的关系时,他说:"我们的方案已从长安街马路边线后退160米,现在从天安门城楼上看不到大剧院,大剧院的建筑形式和天安门广场周边建筑群的协调问题,可以说不存在……你们提的问题是多余的。"

安德鲁又说:"有的专家提出,我们这个方案有这么高大的室内空间,夏天开空调的时候浪费能源,我要说的是,不用考虑上部空间的温度有多高,因为大厅上面的空间是苍蝇待的地方……"安德鲁的回答针锋相对,也有些盛气凌人,我估计不少专家接受不了。

但是并没有人对他的答辩加以反驳,在场的专家们都是学识丰富并有涵养的专业人士,安德鲁的话虽有些粗鲁,但还是有些道理的,专家们也理解了他想表达的意思,在高大的大厅空间中,可以只在人们的活动范围内采用空调,上部空间比较热也没有关系,只要想办法把热量排出去就行,这是现代建筑节能的新趋势,也是比较合理的措施。

这是一次专家审查会,并不需要投票评选,由业主委员会在会后决定下一步的工作步骤。

这次之后,我们等了很长一段时间,有三四个月之久,其间没有听到业主委员会方面的消息。

九华山庄会议

1999年秋天,我忽然接到通知,要去参加在北京西北郊九华山庄举行的一次有关国家大剧院方案的论证会。

到了那里才知道,这次会议不一般,这是一次由政府机构举办的具有行政效力的方案论证会。主持会议的是中央发改委所属的中国国际工程咨询公司的董事长,论证的内容是国家大剧院的一个设计方案,更具体地说,就是请许多专家来论证法国ADP和清华大学合作的这个所谓"大鸭蛋"方案的可行性。

这下我明白了,安德鲁和我们合作的这个"大鸭蛋"方案已经被确定为中选方案了。

根据我国的工程建设程序,凡是由政府投资建设的项目,都必须经过这个重要的程序——可行性研究报告(或项目建议书)的审批,只要这个程序通过,就意味着该项目立项了,也就可以得到政府财政的拨款。所以重大项目的审核都要经过中咨公司组织专家论证,根据专家意见由中咨公司写成评审报告上交获批后方可立项。国家大剧院的设计方案工作进行到这一步,也意味着实施方案的选定。

普通的方案论证会,参加会议的专家人数一般不会太多,但这次会议竟然邀请了三十多位专家,除了建筑行业外,还请了我国音乐界、戏剧界、舞蹈界、美术界等各方面人士,来自全国各地。

会议开得很长,整整五天时间,这是少有

的情况。我到会后,就明白这个会议的重要性了。之所以要开这么长时间、请这么多专家、这么高规格,原因只有两个:一是国家大剧院这个项目的高度重要性,二是近几年来社会对国家大剧院项目的高度关注。一段时间以来,我们听到过对"大鸭蛋"方案的许多不同反应,也知道不少知名学者联名上书反对这个方案,我们学校建筑学院的教师对这个方案也分成了两派意见。

这次会议,每位与会专家都被要求发言,发言中有赞成的,也有反对的,或者对该方案有疑虑的。发言程序进行了整整三天时间,因为与会人数实在太多。我当时已抱定主意不发表意见,因为我是方案设计的当事人,表态不太合适,虽然这个方案的主创人是安德鲁,但我是这个方案团队的中方首席建筑师。另外,会上有几位清华的著名教授,他们都是我的老师,还有好几位清华的老校友,他们大都不赞成这个方案。前几天我的一个学生还告诉我,网上有一篇文章说:"清华大学建筑学院中对国家大剧院这个'大鸭蛋'的看法分成两派,主流派反对,而以胡绍学为首的设计团队是这个方案的拥护者……"这个消息使我心理压力很大,我被人当成学院内的"非主流派"带头人了。

第三天下午,所有与会专家都发言完毕,我私下统计了一下,建筑方面的与会专家共十九位,有一半赞成该方案,另一半不赞成。而艺术家们(包括音乐家、舞蹈家、著名演员、美术家等)几乎全部赞同这个方案。

总算熬到休会,好几十个人都讲完了,我觉得会议主持人未必能想到我还没发言。

谁知主持人没有放过我,他说:"胡教授,你还没讲呢!"我没办法了,心想他可能早有打算,还颇有耐心,等到所有人都讲完后再点我的名。

没办法,只能讲讲了。只是作为这个方案的参与者,我的态度还用问吗?在这么多专家的权威论证发言后,我再出来表示赞同确实有些多此一举。我当时还想,要是安德鲁来参加这个会,一定很有意思,他会充满激情地申述观点,不过这种会不可能请外国设计师来参加。

我说:"在座的有好几位是我的老师,而且是教过我建筑设计和规划设计的,记得我读过一本书,书中讲到亚里士多德的一句话'吾爱吾师,吾尤爱真理'。当然,一个人的建筑观点谈不上是什么真理,只是打个比方。我的意思是,学生可以在学术上和老师有不同的观点……我是这个方案的当事人之一,真的不大好发表意见,但我想说的是,国家大剧院的使用功能问题应该是第一位的,国家投资了这么多钱,就是因为我国迄今为止还没有一座世界一流的、具有先进演出功能的大剧院。这个方案目前的确还有不少功能和技术上的缺陷需要改进,至于建筑外表形式,我个人认为这个方案虽不算最具创新性,但还算过得去。对建筑来说,我们不必过于关注外形，随着时间的推移，大众会慢慢接受的……"

会后，一位老师在会场外叫住了我，他笑着对我说："胡绍学，你今天的发言很好……"我答道："只是实话实说，这些都是我的真实想法……"

这次会后不久，大剧院业主委员会秘书长约我们见面，说这个方案已获中央领导批准，并说在这之前还广泛地征求过许多群众的意见，并进行过民意投票，他们对待这件事是很慎重的，现在国家大剧院已进入建设程序，这个方案需要深化，应尽快进行初步设计，我们要尽快和法方联系下一步合作事宜。

和法方联系时，对方告诉我们，他们已经知道这个方案被选定为实施方案了，法方中文翻译告诉我们，安德鲁非常高兴，并一再要他（翻译）代表自己向我们表示感谢，还说这段时间大家辛苦了。

我心想，之前安德鲁和我们一起折腾了一年多时间，开始时大家都没能搞出什么成果，没想到他在"流浪路上"忽然冒出的这个构思，最后却被选为实施方案，真是造化弄人。他对我们说辛苦了，只是他哪里知道，这段时间我的压力有多大。

接下来的事情就没有什么戏剧性了，照章办事，我们和ADP又签订了一个初步设计合作协议，我院派了四位建筑师和ADP设计团队一起深化方案、进行初步设计。2001年夏天，大剧院的初步设计获得了专家会审查通过，我也参加了这次审查会。之后安德鲁又给我发了一封函，祝贺双方合作成功，并再次向清华和我本人表示感谢。

海上生明月

2006年，国家大剧院落成揭幕，首演式那天，我正好在青岛出差，没能有机会体验盛况，深感可惜。

回来之后,我在报纸上看到一张大剧院的夜景照片:大剧院整体的轮廓被灯光投射,晶莹明亮,映在池水中的倒影正好和水面上的实体组成一个完整的椭圆形,在深沉的夜色中格外皎洁……我不禁想起在巴黎时安德鲁说过的那句话:"我要送给北京一个月亮。"当时我还揶揄他,说这分明是一个椭圆形,但现在看到它的夜景照片时,我顿时想起了张九龄的著名诗句:"海上生明月,天涯共此时。"

安德鲁还说过:"是不是月亮,要靠人的想象。"他说对了,这样的大剧院夜景一定会激发人的想象。

1958年我22岁,在大学毕业前一年开始参加北京国家大剧院的设计工作,直到2001年夏天为止,共参加过这个项目的十几轮设计竞赛。可以说,我的建筑生涯中,大部分时间都和这个项目有干系,国家大剧院确实是我的一个挥之不去的情结。

海上生明月
国家大剧院

现在，北京国家大剧院终于建成了，我的大剧院情结也解开了。现在我老了，安德鲁也老了，他已退休不做设计了。我写下这篇文章，回忆那段难忘的岁月，也怀念那位有趣的法国朋友。

追忆扎哈·哈迪德

2016年4月1日,女儿打电话给我,说网上传出扎哈·哈迪德(Zaha Hadid)突然去世的消息,问我知道不知道,我说我还不知道,因此相当吃惊。扎哈当时正在为东京奥运会主体育场的设计方案一事忙得焦头烂额,怎么会突然去世?不会是愚人节玩笑吧?女儿说是真的,已经有业界官方渠道发布消息证实了。我当时想,她突发心脏病去世,也许和东京奥运会主体育场设计方案进展不顺利有关吧，后来听说建筑圈内许多人也都这样猜测，那时扎哈的体育场设计方案中标后又被日本政府否定，这无疑是一个很打击人的事情，再加上扎哈是一个脾气暴躁的人，常常控制不住自己的情绪。

扎哈是一位有着杰出成就的女建筑师，也是一个饱受争议的人，她在职业生涯早期受到过不公正待遇，她65岁的人生充满了戏剧性。如果哪位作家有兴趣写传记小说或电影剧本，扎哈的生平经历大概是个不错的素材。

我知道扎哈·哈迪德这个名字是在20世纪80年代。那时候，我见过太平山上一个俱乐部的设计方案——香港之巅俱乐部。当时我对这个方案富有激情和想象力的构成主义设计手法感到非常震撼，但对设计师的具体情况并不是很了解，甚至不知道她是位女士。

第一次见到扎哈并与她交谈，也是二十多年前的事了。

1989年我在牛津理工大学建筑学院进修时，通过当时的系主任克里斯多夫·克劳斯以及"英国文化协会"（British Council）的帮助和介绍，访问和参观过英国的一些建筑院校，AA School（Architectural Association School of Architecture，建筑联盟学院）就是其中之一，之所以要访问AA，是因为它以超前的教育理念闻名于世，这次机会难得，当然要一探究竟。

在AA期间，除了参观校园、访问交流外，我还参加了一次学生们组织的学术讨论会，扎哈也是参与者之一，那时我才知道扎哈原来是一位女建筑师，而且不是英国人，从长相来看，应该是典型的中东地区的人。会后，我和扎哈谈了许多，了解到她也在AA上过学，毕业后参加工作，前不久还自己开了事务所。我说AA的学生作品展很有创意（当时的学生作业题目是为太空船做室内设计），还谈到她的"香港之巅俱乐部"设计很有创意，她听了只淡淡一笑，说在香港，这个方案是永远实现不了的。果然，后来这个方案虽然取得了竞赛第一名，但最终并未实施。听说我是来英国留学的中国建筑院校教师后，她说自己对中国很感兴趣，我便邀请她，以后有机会一定来中国看看。我还问她现在在做什么项目，她苦笑，说什么也没做，在伦敦接项目很难。扎哈在英国没有一栋真正实施的项目，这也是她说自己受到不公平待遇的一个方面。她还表示很羡慕中国有那么多真正的工程项目可以做。

20世纪90年代，我在建筑杂志上看到了扎哈做的一个德国小镇里的消防站。那是一个大约只有500平方米的小项目，但她做得很精彩，英国《建筑杂志》曾评价："它彰显了建筑修辞的力量——以柔和的方式达到令人印象深刻的可能性，门廊上方尖角的设计具有指示性，就好像在对着人们大喊'急救'！内部空间大胆的几何设计，令消防员们感觉随时处于待命状态。"这是扎哈的第一个实际工程项目，当时她已经43岁，毕业整整十六年，才拿到这样一个实施项目。想到这里，我感慨不已。

在这十六年时间里，扎哈默默无闻，努力画图、思考，追求自己的设计理念和创新之路，她画了不计其数的设计方案，虽然没有一张变成现实，但她锲而不舍，仍然坚持走自己的路。中国有句古话"十年磨一剑"，扎哈何止十年，她坚持了整整十六年。任何一位耐得住这种艰难、孤寂的建筑师，都是值得人钦佩的。扎哈做到了。

扎哈的努力终于获得了回报，维特拉消防站一战成名后，她开始项目不断，而且项目越来越大，越来越重要，她也不负众望，每件作品问世，都能引发人们的惊叹和议论。她仍然坚持自己的信念和风格，终于得到有识之士的理解和肯定。在男性一统天下的建筑界，扎哈能够取得成功，凭借的是难得的坚持和不懈的努力。2004年，扎哈因设计中国台湾古根汉姆美术馆获得了建筑界最高荣誉——普利兹克奖，这是普利兹克奖设立二十六年来第一次授予一位女建筑师，当时的扎哈53岁，也是最年轻的获奖者之一。

扎哈曾说她对中国很感兴趣，经过努力，她在中国的声望也终于如雷贯耳，比如广州歌剧院、北京银河SOHO等。另外，美国辛辛那提当代艺术中心、西班牙萨拉戈萨大桥、BMW中央大厦、香港理工大学创新塔，等等，都使她蜚声国际，名声如日中天。扎哈的作品以复杂的曲线、折面著称，非常规的造型使人们认识了一种全新的建筑形式。正如普利兹克奖评委会主席罗特赫斯柴尔德勋爵评论的："如同她的理论和学术工作一样，作为实践建筑师的扎哈·哈迪德对现代主义的追求是坚定执着的。她总是富有创造力，摒弃现存的类型学和高技术，并改变了建筑物的几何结构。"

那年在伦敦时和她交谈，她问我是从哪里来的，我说我是从中国来的访问学者，她说她和我一样，是从巴格达到英国来读书的。我当时很惊讶："巴格达，《一千零一夜》的故事发生的地方。"她说："是的，中国和伊拉克都是文明古国。"我至今都还记得那次谈话，细细揣摩起来，我觉得扎哈的作品中确实有一种东方思维的痕迹，准确地说是一种非线性的思维，她喜爱的那种流动、圆滑的曲线和动感，似乎带着波斯和伊斯兰花纹的印记。我觉得她似乎是从《一千零一夜》故事中走出来的人物，说不出什么理由，也许是因为她出生在巴格达，也许是因为她传奇的人生经历。

扎哈的人生像过山车，从才华横溢的青年时代到举步维艰的创业初期，过了冷清的十六年，人生开始有了转机，事业渐渐起色，直到名扬天下。但遗憾的是，在人生巅峰驰骋时，她的人生却突然终止了……

在听到扎哈去世的消息后,想着这位有过一面之缘的明星建筑师戛然而止的人生,我非常感慨。写下这篇随笔,作为对扎哈·哈迪德的追思。

香港回归中国纪念碑国际设计竞赛

20世纪90年代以来,我参加过许多国内设计竞赛的评选,但在1996年11月参加的"香港回归中国纪念碑"国际设计竞赛,是我第一次以评审委员的身份参加。在那次评选活动中,我认识了一些朋友,主办方的同仁们以及绝大多数竞赛参加者的爱国情怀也使我感受颇深。

这场设计竞赛是由香港建筑师学会发起并组织的。香港建筑师学会是一个非政府性学术团体，此次设计竞赛面向全世界，欧美国家的建筑师参加者较少，但有很多亚洲国家的建筑师参与，其中，香港大学和香港中文大学的建筑系学生、中国内地的建筑系学生占大多数。

这场国际设计竞赛的参赛报名文件在1996年2月底向国际建筑界（包括建筑院校）公开发布，我在2月初收到了组委会发出的相关文件以及邀请函，询问我能否作为评委参加此次活动，并希望我能尽快回复，以便他们及时公布竞赛文件。我还记得文件中关于举办此项竞赛活动的宗旨和目标的大致内容："为了纪念香港于1997年7月1日回归中国这一划时代的事件，拟征集纪念碑概念设计方案，建造地点由设计者自定，……纪念碑（物）应体现出史无前例的'一国两制'的意义和精神，并应能唤起国际上对香港1997年回归的认识……"

这份文件写得很好，我觉得香港建筑师学会的同仁们在香港回归中国一年半之前向全世界建筑界发布这样的文件，充分说明了他们对回归祖国的期盼和拥护，以及他们对"一国两制"意义的准确认识。那时候港英当局特别是那位英国的末代香港总督彭定康先生正在不断地做一些节外生枝的小动作来干扰和拖延香港回归中国的进程，在那种形势下，香港建筑师学会的同仁们发布这样的文告，确实令人尊敬。

文告中说纪念碑的地点由设计人自选，这句话是很有意思的。要知道，在香港这个地方，盖任何重要的公共建筑（包括纪念性建筑），其建造地点都必须要经过当时港英当局属下的市政规划管理部门核准，这次建筑师学会决定要建造一个纪念碑，而且是纪念1997年香港回归中国，港英当局当然不可能批准或有任何协商态度。"既然这样，干脆咱们就绕开你，自己选地点，反正这是我们中国人的事，要建这个纪念碑，也必然是在香港回归之后的事，你管不着了……"这段话是我自己猜想的，但我觉得这可能也是香港建筑师学会同仁们的想法。有意思的是，后来参选的方案中就有把纪念碑放在香港总督府门前广场上的。

设计竞赛的文件中也公布了评审委员的名单，一共五个人，除我之外，香港地区两人，马来西亚一人，日本一人。香港地区的评委是香港大学建筑系主任黎锦超教授和香港中文大学建筑系主任李灿辉教授，马来西亚的评委是杨经文博士，日本的评委是槇文彦教授。看到这份评委名单，我很高兴，因为黎教授和李教授我以前都见过，是老熟人，杨经文先生当时在国际建筑界相当有名，是绿色生态建筑的专家，日本的槇文彦教授更是国际建筑界有名的人物，也是丹下健三先生的大弟子。我觉得香港建筑师学会在选择评委这件事上做得很恰当。很快我就回信给香港建筑师学会，同意担任评委并将准时到会。

这次评选是在1996年11月进行的，参加竞赛的方案有一百三十个左右，经过几轮淘汰，最后只剩下三个方案，由评委们投票选出第一名及第二名，剩下的那个方案便是第三名。

第一名的方案最终被揭晓，是一名日本建筑师做的。很有意思，所有方案都匿名，我们评选时也不知道每个方案设计者的名字，完全根据自己的独立判断进行投票，五名评委"所见略同"，最后都把票投给了这个方案。可见第一名确实有它的独到之处。

这个纪念碑造型简洁、体型挺拔有力，最有意义的是，碑身由两根高耸的矩形断面柱子组成，两个长方柱体紧挨着，碑身下部和上部紧紧组合在一起，但其中一个柱体在中间部分向外扭了一下，然后又向旁边的柱体靠拢，合成一个整体。从建筑师的眼光看来，这个纪念碑的造型是完整的，挺拔的，而且在严谨中有变化，而且巧妙地表明了这个造型所包含的意义和象征：两个柱体本来紧密组合在一起，但在中段位置，一个柱体却向外扭了一下,然后又弯回来向另一个柱体靠拢,合为一体。这不正好反映了香港的历史吗?香港本来是属于中国的,但在过去的一段时间里硬生生被帝国主义掠夺,离开母体成为殖民地,在走了一段弯路之后,终于又回归祖国。香港和祖国再也不会分开!许多人也都说这个方案不错,令我欣慰的是,我们五位评委意见也高度一致。虽然设计师是一位日本建筑师,但他能如此深刻地理解香港回归中国这一历史事件以及"一国两制"的重要意义,并能以抽象的艺术化手法将其表现出来,确实证明了他本人的高超的设计水平以及他对现代中国的正确认识。这个方案获得这次设计竞赛的第一名,可谓实至名归。

还有一件事令我很高兴,在这次评选活动的过程中,我和黎、李两位教授得以重逢叙旧,同时我又认识了两位新的同行朋友。

桢文彦教授的名字我并不陌生,好多年前

自左至右：李灿辉、胡绍学、槇文彦、黎锦超、杨经文

我们在了解日本现代建筑的过程中就已知道他的业绩了。槙文彦给我的第一个印象是绅士风度：瘦高个儿，戴一副金丝眼镜，一头白发，走路时两眼直视前方，目不斜视，也很少说话，但实际上他为人很和气友善，彬彬有礼。初次见面握手寒暄时，他对我说："我知道您是清华大学建筑学院的教授，认识您很高兴，希望以后有机会能去清华拜访您……"我也高兴地答道："认识您我也很高兴，您的大名我可是早就知道了，只是今天才第一次见面。期待您能来清华访问……"随后我告诉他，下个月我要随一个高教代表团去日本访问，还要和丹下健三先生见面商谈他访问清华的事，随后我说："我知道您是丹下健三先生最得意的弟子，您现在的名气也不亚于老师啊！"他一听就笑了，并立即说："不，不，那是不可能的。丹下先生是我们日本建筑界的一面旗帜，我们都是在他的指引下成长起来的……"槙文彦在和杨经文以及李灿辉见面时，也都像老朋友那样打招呼，还拍拍对方肩膀，却并没有寒暄问候的对话，看起来他们早就认识了。

但槙文彦在谈正事时却严肃得很，他是这次评委会的主席，我们五个坐在一起开会讨论评选办法时，他以主席身份宣布本次评选办法。他说这次挂在墙上的方案图太多，一共一百多个参赛方案，只能采用淘汰法，各位评委按自己的独立判断投票，第一轮淘汰三分之二左右，第二轮再淘汰三分之二，剩下十几个方案后，第三轮再通过一次投票留下三个方案，最后投票决定这三个方案的名次。我们大家都同意这个办法，没有不同意见，他接着又宣布了"不能相互议论"的规则，他说："各位在观看方案时，互相不要讨论交谈，各看各的，每一轮结果出来后，也不要对这些具有进入下一轮评选资格的方案进行讨论，直到留下最后三个方案。在投票决定三个方案的名次之前，我们依然不能讨论……"这使我感到很新鲜，同时也觉得是否太严肃了。在国内评选方案时，评委们在听完各个方案的多媒体介绍后，通常还可以谈谈自己的看法，最后再进行投票，即便没有多媒体介绍，评委们在观看挂在墙上的方案图时，也可以对着图互相讨论，但桢文彦的办法是从头到尾只能自己看图，最后选出三个入围方案后依然不讨论。这确实是最彻底的"秘密投票"了。我们定出第一、二、三名后，桢文彦终于宣布："评选已完毕，现在到了写本次评选报告的时候了，请大家对前三名的方案谈谈自己的看法。"这次评选，一天内从一百多个方案中选出三个，干净利落，没有拖泥带水，也没有因为不同意见进行讨论而拖延时间，效率确实很高。另外我也明白了桢文彦这个办法的公正性，他考虑到，评选过程中如果有评委对某个方案发表意见，其他人又产生不同意见，大家相互讨论后就会相互影响，这不太合适。难道投票前非得统一意见吗？而且，这次是国际设计竞赛评选，所以办法要严格一些，槙文彦先生在这种事情上确实是一丝不苟，严格公正。

第二天晚上，主办方请大家到香港本岛南面海中一个离岛餐厅去吃晚餐，槙文彦又仿佛换了一个人，他谈笑风生，对我说香港的海鲜咸味太重，没有日本北海道的海鲜好吃，北海道的"蜘蛛蟹"特别大，两条腿拉直可以长达一米。我当时以为他在吹牛，但后来去了北海道，才知道他所言不假。

杨经文博士是一个有趣的，同时又很随和的人，和槙文彦不太一样。他爱开玩笑，说话比较随意，一见面就能成为朋友。那次评选会后，我邀请他来清华访问，他痛快地答应，而且在第二年春天就来了。那时候我正在设计一座"设计中心楼"，这也是我院的工作场所和办公大楼，因为是我院自筹资金建楼，又是自己的工作场所，所以我们设计团队有一个共同的理念，就是要将其打造成一栋绿色、生态、节能的办公楼,而且要省钱。杨经文在绿色生态建筑方面有很多成功的实践,所以这次来清华访问,我请他对我们的设计方案提了些建议。看完我们的设计方案后,他提出了一个重要的建议:将方案中的"中庭"(atrium)放到建筑南部,改为"边庭",这样做有利于自然通风、可调节室内温度,也有利于节能。我说:"你这个建议很好,我接受,我们会修改一下设计的。"他摊开手掌笑着说:"Two Thousand Dollars." 我也笑说:"你要价不低啊!"两个人大笑起来,气氛轻松愉悦。我们吸取了他的建议,虽然并不是完全按照他说的位置设计"边庭",但他的想法确实很好。而且请他提意见,他就实实在在地提意见,是一个很实在的建筑师。在那以后的几年中,我在某些评图会上又见过他,两人也因此变成了朋友。

90年代初去香港时,我已经认识了黎锦超教授和李灿辉教授。黎先生是香港资深的建筑教育家，1992年我们去香港大学建筑系访问时他就是建筑系主任了。黎先生长期从事建筑教育工作，在香港很有声望，也有很多学术研究成果和著作。那次评选会之前，香港大学建筑系按照黎先生的意思发了邀请函给我，所以活动结束之后，我应邀到香港大学建筑系做了一次学术报告，讲的主要是国内建筑院校师生参加设计实践的情况以及当代的中国建筑设计。港大建筑系学生们听了之后，都很羡慕内地的大学本科生和研究生能有机会参加实际工程项目的设计工作。第二年，黎先生也应我邀请，来到清华建筑学院访问，也给学生们做了一次学术报告。黎先生对清华校园赞不绝口，我安排他和夫人住在校园内的"近春园"，他特别高兴，早上还和夫人逛了荒岛。他对我说，清华园有这么好的条件，这是港大没法比的，港大校园内地形高高低低，地方又小，没办法搞成公园一样，能住在清华园内真是享福啊。

李灿辉教授也是清华建筑系不少教授的朋友，他前前后后来过清华好几次。2014年，他还带美国MIT建筑学院的一组学生来北京调研，那次我在中关村一家餐厅请他吃饭。当时他鬓发全白，但精神依然很好，他是闲不住的人，每天总有事忙着。他还特别重朋友情谊，1992年以后，我去过香港三次，除了香港回归中国纪念碑国际竞赛评选活动以外，另两次去香港，他都请我去马会俱乐部吃饭，我才知道他和香港马会的人也很熟。杨经文在英国上学，生活和工作在马来西亚，英语讲得自然好，李教授和黎教授平时也讲英语，黎教授有时还能和我讲几句广东口音的普通话。李教授和我在一起时只讲英语，但我的英语水平有限，和他交谈时感到很吃力，我曾问过他能不能讲普通话，他笑着说："我能听懂，但不会说。"

齐云山之旅

2012年春天,应中国建筑学会周秘书长的邀请,我参加了安徽省黄山市休宁县齐云山风景区一个旅游规划项目的评审,同行的还有一些建筑界的老朋友,多年不见,大家又能相聚在一起,都高兴得很。本次行程的内容也非常丰富,令我印象很深刻。

这次到休宁县,是要对齐云山风景区的一所文化会馆的选址和设计方案进行评审,同时还要参观一个文化旅游景点——民俗村，并提一些改进建议。这些项目的合作方和投资方是马来西亚的一位华裔企业家，他这次在休宁县的开发动作不小，准备和当地政府合作开发弘扬皖南农耕文化的"状元村"，并出资对当地的旧民居进行修缮，改建周边环境。他还准备在齐云山某水库边上修建文化会馆，在风景旅游区附近新建西式结婚教堂以及休闲、餐饮、娱乐等设施，甚至要筹建马术俱乐部等，项目内容很多。我们这次旅行，除参加上述项目的评审及考察外，还参观和游览了著名的齐云山道家文化圣地。三天时间，有美好的回忆，也生发了一些忧虑和思考。

这次文化之旅，我似乎收到了三张文化旅游名片。

一张是宣传儒家文化的名片，这是一张散发着书院里淡淡墨香味的典雅名片——民俗村。它体现出传承几千年的中国传统社会的价值取向和社会文化心理至今还在延续。

一张是具有中国特色的道家文化旅游名片——齐云山道家文化圣地。道教及道家文化不像基督教和佛教，绝对是中国土生土长的，是最具本土及地域特色的宗教文化。但遗憾的是，这张本土名片如今的一些内容却散发出一股庸俗的气味。

第三张文化名片是一张新式名片，它清新典雅，散发出一种亲近自然、充满浪漫主义艺术色彩的气质，那就是水库附近正准备筹建的文化会馆及水上音乐厅。

一个风景旅游区，同时推出三种文化品牌，打出三张名片，会是一副好牌吗？有的项目使我眼前一亮，有的使我疑虑顿生，有的使我产生反感。我不禁想把这三张名片一一加以分析。

先说这个皖南民俗村。它规模不大，也就五六幢旧式民居，一间祠堂（兼做展览馆）等，和皖南的宏村自然民居村无法相比。这是一个以当地传统的"农耕文化"为依托、由现代人规划兴建(或改建)的民俗文化村,原有的住户全部迁走,留下几幢有典型地域特点的旧民居加以整修。这是地方政府和投资方合作的项目,搞成了一个专供游客参观旅游的景点。保留下来的旧民居都修缮得很好,其中一户大户人家还保留了一个戏台,有趣的是,这个戏台不在院子正中,而位于内院一侧,偶尔还可听到民俗村管理部门安排的清唱黄梅戏节目。祠堂内部没什么新鲜东西,只在廊檐墙上挂着一些图片和说明,稍显冷清。试想,一个所谓的"村落"没有本地居民,没有村民的日常生活景象,光靠游客门票能维持下去吗?没有居民的民俗文化村,有生命力吗?

我们走进一幢民居,这是一幢典型的皖南民宅,粉墙黛瓦,黑色的石库门,进门后是一个又窄又高的天井。天井正面是一间客厅,两旁是居室,一段窄窄的木楼梯上到二层便是三间正房，所有的房间中都摆着旧式家具，还有被褥椅垫、文房四宝、梳妆用具等陈设。据介绍，这家是清末进士及第的书香人家，老爷去世后，寡母清贫居家，几亩薄田，苦守度日，终于熬到儿子进京赶考以图金榜题名。看着这幢小小的民居，想象守寡的母亲督促儿子发奋读书的情景，眼前便浮现出中国封建社会中的典型正面形象。在我国许多省份和地区，尤其是苏、浙、皖，寒窗苦读、一举成名，万般皆下品，唯有读书高的思想是万千个家庭的家训，这种社会价值取向在当今社会中依然存在。在参观这个民俗村之前，我在旅馆中看过本地的旅游介绍小册子，其中就有专门的篇章介绍本地某村在历史上出过多少个状元、多少个进士，等等，还说本地一所中学在近几年的高考中出过本县乃至本省的高考状元。在民俗村，我还看到村中醒目位置树立着名人题字墙，看来这也是当地引以为豪的文化品牌。这些景象让我产生了一种说不出滋味的矛盾心情。六十多年前，我父母就是这样督促我们上学的，半个多世纪过去了，社会还是这样，这种社会价值取向肯定有其正面作用的一面，但在现代社会中，难道仍是唯一的价值取向吗？

绕到这幢民居后面，是一处有矮墙的平台，往下一望，才发现我们居然在位于100多米高的悬崖坡上，极目望去，油菜田呈现出一片灿烂的黄色。远处的水面闪着微光，蔚蓝色的天空和棋盘格状的乡间小路组成了一幅清新动人的画面。看到这个景象，我眼睛一亮，心情也好了很多。

再说说第二张名片——齐云山道家文化圣地。齐云山，我以前不太熟悉，后来才知道它的非同寻常和悠久历史。在安徽人看来，齐云山和黄山齐名。齐云山和黄山南北相望，据说乾隆皇帝曾到此一游，并题诗云："天下无双胜景，江南第一名山。"其实我国江南名山多得很，怎么齐云山在乾隆心目中就成为江南第一名山了呢？我想，乾隆皇帝和中国历史上许多的皇帝一样，虽然推崇佛教和儒学，但自己却笃信道教，乾隆还自称为"十全道人"。黄山这种主要以风景取胜的名胜，在他心目中恐怕比不上齐云山这样的道教圣地吧！

中国历史上为什么会有这么多皇帝信奉道教？这是一个有趣的问题。当年清华大学建筑系一位在英国爱丁堡大学攻读博士的留学生的博士论文提及了"中国传统建筑为什么是木结构体系"这个问题，爱丁堡大学的教授也非常重视这个问题，但想不出特别有说服力的论证。著名的李约瑟教授在其所著的《中国科技史》中也没有对此做出充分的说明。中国传统建筑形式中的结构体系，包括斗拱、屋架举架规律、屋角起翘方法、柱子收分等都有严格规范，但有谁探究过为什么中国长达几千年的历史中，偏偏以木结构作为传统建筑的基本体系呢？中国大部分地区也并不缺少石材，但为什么没有像欧洲希腊、罗马、哥特建筑时期、文艺复兴时代那样发展石结构呢？我的老师汪国瑜教授曾经给了我很大启发，他说这里面宗教起了很大的作用，我在前面的文章中也简单提到过。中国的许多皇帝都信奉道教，道教和佛教不同，佛教看重"来世"，主张今世吃苦受难、积德、普度众生，以求来世登上西天极乐世界；而道教却看重"今生"，推崇今世修道养生，以求长生不老或得道成仙。新皇帝一登位就是两件大事：一是用石头修建陵墓，陵墓在地下，而石头是不会腐烂的，他也知道修陵墓必定要花上好几年甚至几十年，着急不得；第二件事便是修造宫殿，这是他今生要享受的，什么方法最快呢？那就是大兴土木，用木材砖瓦最快，比采石、运输、用石头盖房子快多了。这应该是木结构在中国宫殿寺庙大木作建筑中被普遍采用的原因之一。

　　说到这里，也等于从另一角度回答了"中国

皇帝为什么喜爱道教"这个问题。秦始皇一路奔向东海"天尽头",为的就是求长生不老之药;唐明皇和杨贵妃两人双双笃信道教,宋徽宗、清乾隆都是道教信仰者,元朝推崇道教更不必说了,明朝的好几位皇帝迷信炼丹求仙,有的甚至中毒身亡……他们在国内推崇佛教,提倡儒学,但那都是针对老百姓的,是为了维持统治用的。他们自己却现实得很,为了享尽人间富贵、追求长生不老而笃信道教。这就是中国历史的实际情况。

不仅帝王、达官贵人,道教在中国历代社会中的平民百姓层面也普及得很广泛,各种道观的数量不比佛教寺庙少,道家的种种求仙养生理论更是深入人心。道士设坛作法驱鬼、烧符配汤做药、各种各样的养生理论和气功吐纳方法、宫廷秘方、家传秘方等,在中国民间都有很大的市场。我这里绝不是要贬低道教,道教作为一种宗教,是应该得到尊重和保护的,我也认为道家理论和相关的学说著作（如《道德经》《易经》《易学》等）都是很有哲理的，是我国哲学史上的宝贵文化遗产。上面谈到的一些问题和看法，主要指的是几千年来，我国道教文化中衍生出的不少消极思想和意识形态，这些衍生物很容易在社会上滋生出种种消极，甚至恶俗的东西。当然，佛教、基督教也有消极迷信的一面，这些都是无法避免的。

到休宁县的第二天，我们去游览齐云山道教文化圣地。

在齐云山山脚下往上一看，要爬好几百级台阶，对老年人来说是非常辛苦的。我们爬得腿酸，中间休息了好几次。山上与山下交通来往很是不便，每天有挑夫上山，背着或挑着一百多斤的东西，大都是米粮菜油之类。挑夫由山上道观开的餐厅雇用，上山一次给60元钱。我们就遇上了一名挑夫，是个四十多岁的中年妇女，身体健壮，不输须眉。问话间了解到，她的丈夫于去年因病不治过世，有一个12岁的儿子正在念书，不得已干上这份艰难的工作以维持生计……看着她缓缓登山的背影，我们感慨不已。

终于爬上山顶，顺着一条石板小路，又穿越一座牌坊石门，步行30分钟左右，我们终于到达一个小山镇，已是中午时分。陪同参观的同志安排我们在一家傍山而建的茶楼中休息用餐，价格不算贵，每人50元钱的标准，送上来的食物却都是新鲜的竹笋、蘑菇、山鸡、蔬菜之类，还有很好吃的咸鱼干，真是一顿别有风味的午宴。饭后我们进入这茶楼的里院参观，发现院内晾着许多鱼干，原来这就是店家自己从山顶湖泊中养的白条鱼捞上来后经晾晒做成的。饭后休息片刻，穿越山顶上弯弯曲曲的石板小道，又穿过一座石牌坊，我们来到一座三开间的"三清殿"，大殿中间供奉着玉皇大帝、太上老君及元始天尊这三座道教至尊塑像，殿前小广场中有一水池，殿侧陡峭的山坡遍布着"洞龛"，中间大都有塑像，这情景有点儿像我国河南省洛阳龙门山上的架势，只是这里规模小些，壁龛也小些，龛前有游客们供奉的香火，烟雾缭绕，看来香火很盛。这时有一位中年妇女拿着一些香烛及印有道符的黄纸向我们推销，五元钱一束香，并说黄纸道符贴在门上可以辟邪驱魔，我一看这妇女好生面熟，原来就是刚才我们用餐时在餐厅中端饭菜的人。哈哈，也真是"一条龙"服务。

供奉塑像的"洞龛"都是暖黄色的砂岩，岩壁很高，岩壁前有一水池，池水清澈见底，水中有游鱼，映着蓝色天空，风景的确很好。我心想如果以此地为背景画一幅水彩画，画面色彩一定很丰富漂亮。

听说到这摩崖道家圣地另外还有一条山路，是从比较缓的坡道上来的，这比我们辛辛苦苦爬上几百级台阶上来要舒服多了。

游完圣地，我心想这齐云山景色确实不错。

也由此联想起以前参加过的某城市的一个"生态养生公园"规划方案评审,这个打着"生态养生"名号的公园,规划布局构图就是仿照道家的太极图形,另外还按道家八卦图式在各方位布置各种景点和设施,什么"生态养生园"、"生态百草园"(指药材)、"气功修炼房",等等。这样一个规划方案居然还是当地政府规划部门认可的概念性规划方案,现在是按程序请一些建筑、规划专家评审,方案通过后便可立项进入下一步设计程序,我们当时提了不少不同的意见:这么大一块城市土地用作这种"养生园"难道不可惜吗?投资方难道有把握收回成本并且盈利吗?想到齐云山道家文化圣地游客香火鼎盛的情形,我发现自己低估了这个"生态养生园"投资公司的市场预估能力,看来他们是有信心的。

不光是道家文化,全国各地的佛教寺庙中同样香火鼎盛,求佛拜签的人络绎不绝。我国当今各处风景名胜和文化旅游项目中的文化内涵及价值取向，也使我产生了一些疑虑……

最后再说我们这次休宁齐云山文化之旅中看到的第三张文化名片，一座文化会馆。实际上从建筑上来讲，它也就和一幢大的别墅差不多，不过这幢建筑并非供给私人居住，主要是用作文化界人士聚会场地等，说是一个"文化俱乐部"可能更为贴切。那位马来西亚投资人为了征集到好的设计方案，居然出资举办了一场国际设计竞赛，可谓不惜工本，我们这次来休宁的一项任务便是要在参加设计竞赛的几十份国内外设计方案中评选出三个优秀方案供投资者选择，同时还要到这幢建筑的拟建场所实地考察。没有想到的是，对这座"文化会馆"的实地考察，竟成了我此行中最美好的回忆。项目建造地段美丽的自然环境以及它旁边的"水上音乐会"场景，给了我们一次美好的精神享受，它清新典雅，散发出亲近自然及浪漫主义色彩的气质，这使得我对这位来自马来西亚的华裔投资人刮目相看，来休宁考察和参观的三处文化项目，我认为这一处是最成功的。

带领我们去齐云山水库的同志领我们穿越一处干涸的河道，登上一座并不很高的大坝。此时忽然眼前一亮，我看到一处很宽阔的水面，这就是水库了。这水库很长，却不宽，也就六七十米，实际上是一条山谷蓄上水形成的河。我们在水坝前登上平底游船，向水库另一端驶去，才发现这座水库还有几处分叉，平面形状就像一块姜，主山谷旁也还有几处分支，形成了一个面积也不算小的水库。我们的船向一处河谷前方驶去，只见河谷的端部被山坡阻挡，水没有再流向别处，因而由三面山坡形成了一个长形水面。三面环绕的山坡在河谷顶端侧面处开了一个口，宽度也有六七十米，这个开口向一侧形成一块台地，便是"文化会馆"的建造地点了。这座文化会馆总面积不到2000平方米，实际上就是一栋文化俱乐部性质的建筑，内有展览

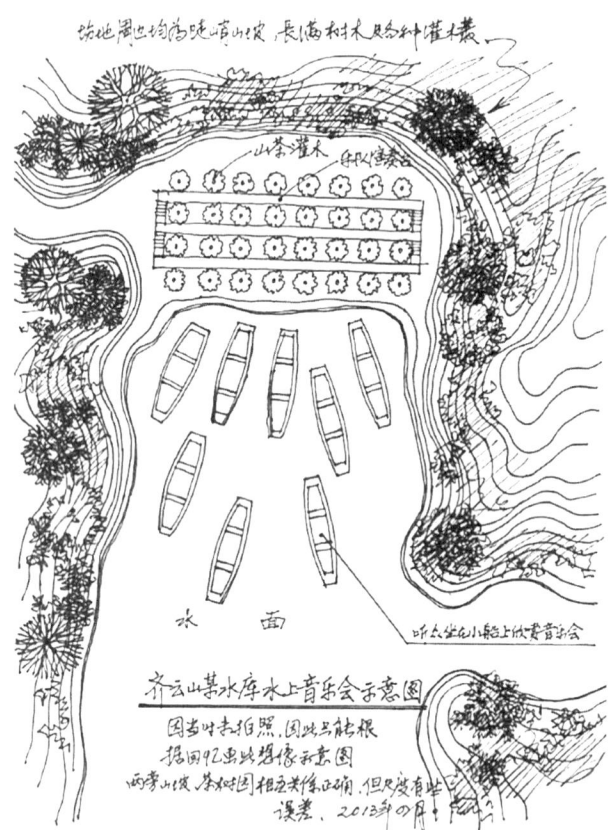

水上音乐会示意图

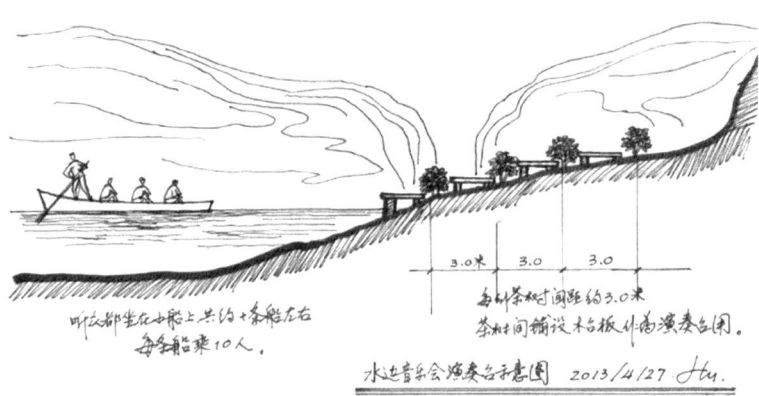

水上音乐会演奏台示意图 2013/4/27

水上演奏台示意图

厅、茶座、书画室、小餐厅以及一些接待用房，由于台地地形有起伏，而且临水，所以应征的设计方案中大多是高低错落的体型，有点儿像美国著名建筑大师莱特设计的"流水别墅"。令我印象最深的是，河谷端部山坡下的一块坡地种满了山茶树，茶树的空隙间，竟然铺着一列列整齐的木板平台，木板宽约一米，依地形而成为台阶状，这是做什么用的呢？看到我们的诧异表情，带队的同志告诉我们，大约十天前，这里举办了一场史无前例的音乐会！我问："音乐会？那听众席在哪里？"他说："听众全部都坐在船上，每条船大约12人，有十几条船呢！"我们接着说："那这些木板难道就是舞台？"他笑着说："是的，这些木板就是演奏台！我们请了上海交响乐团来这里举办了一场水上音乐会，听众也就100多人。"我们听了大为惊奇，这可不是一般的音乐会，而是中国最高水平的上海交响乐团的音乐会！我们问："上海交响乐团的人愿意来吗？"他说："开始时听说到安徽省休宁县演出，他们有些不太愿意，可能他们担心交响乐团的演奏不符合当地口味，但是他们应我们的邀请先来人看了演出场地，这种别开生面的演出使他们大感新奇，结果他们派了六十个人来演出，演出效果之佳出乎所有人的预料。"听了这位同志的描述，我又环顾了一下场地的周边环境，想象当时的情景，不禁赞叹不已。想想看，三面青山环绕，面前是清澈的水面，听众都坐在船上，演员们在山茶花丛中演奏，音乐声传到水面上，由此产生的交混回响效应可能比在封闭的音乐厅里面更有情趣。看着美丽的周边环境，我们不禁赞叹："你们这位老板很有想象力和创造性！"这样的音乐会在国内外应该都少有。我不禁又问道："有演唱那不勒斯船歌的节目吗？"他说不知道，因为他没有来听这场音乐会，但他说："我们在这里盖了文化会馆后，就可以定期举办水上音乐会了。"

看着这片山茶花,再看看青山环绕的水面,想象着演奏家们在这里演奏,真的是令人心情愉悦,神清气爽。

这是我们这次旅行所收到的一张最有文化品位的"名片"。

图书在版编目（CIP）数据

故人 / 胡绍学著 . -- 北京：北京联合出版公司，2017.8

（建筑大师回忆录）

ISBN 978-7-5596-0788-1

Ⅰ.①故… Ⅱ.①胡… Ⅲ.①随笔—作品集—中国—当代 Ⅳ.① I267.1

中国版本图书馆 CIP 数据核字（2017）第 190732 号

Copyright © 2017 by Beijing United Publishing Co., Ltd.
All rights reserved.
本作品版权由北京联合出版有限责任公司所有

故　人

作　　者：胡绍学
出版监制：刘　凯　马春华
责任编辑：唐乃馨　周　杨
装帧设计：聯合書莊　bjlhcb@sina.com
封面设计：周伟伟

北京联合出版公司出版
（北京市西城区德外大街83号楼9层　100088）
北京联合天畅发行公司发行
北京华联印刷有限公司印刷　新华书店经销
字数63千字　889毫米×1194毫米　1/32　5.5印张
2017年9月第1版　2017年9月第1次印刷
ISBN 978-7-5596-0788-1
定价：42.00元

版权所有，侵权必究
未经许可，不得以任何方式复制或抄袭本书部分或全部内容
本书若有质量问题，请与本公司图书销售中心联系调换。电话：（010）64243832